CLAIRE: Wenn du weggehst, wie soll ich mich verteidigen, ich, ganz allein?

CHARLES: Jeder muss lernen, sich selbst zu verteidigen, allein.

Bernard-Marie Koltès »Quai West«

Es ist ganz einfach. Du brauchst einen Plan. Wenn du keinen Plan hast, geht alles den Bach runter. Das hab ich gelernt. Und wenn ich mal was gelernt habe, verlern ich es auch nicht wieder, ich bin ja nicht blöd. Wenn du nicht dumm sterben willst, musst du dir Sachen genau anschauen, sie üben, und zwar: bis du sie kannst. Das ist der Ablauf, und wenn du den nicht kapierst, dann wird das mit deinem Plan nix. Ich will nicht dumm sterben. Ich will auch nicht ZU klug sterben, was manchmal passieren kann, ich kenne Leute, denen das passiert ist, und das ist übel, könnt ihr mir glauben. Nur eins weiß ich, Leute: Dumm sterb ich auf keinen Fall.

Wenn die Sonne untergeht, kriege ich keine Luft mehr. Ich bin Sonnenuntergangsasthmatiker, wenn ihr wisst, was ich meine. Ich bekomme dann ein Flattern, so von innen heraus. Als würde ein Vogel in mir drin sitzen und mit den Flügeln schlagen, kurz vorm Abflug sein oder so. Nur kommt er nie los, hängt da fest in meinem Körper und flattert rum wie wild. Das tut ganz schön weh, er stößt ja überall in mir drin an. Voll blutig bin ich dann immer, wenn die Sonne hinterm Horizont verschwindet. Da sehen wir uns eigentlich ziemlich ähnlich, die untergehende Sonne und ich. Könnten Zwillinge sein.

Ich stehe einfach nicht auf Dunkelheit. Das hat mit ner alten Geschichte zu tun, auf die ich nicht weiter eingehe. Ist halt so. Man muss nicht immer in allem rumbohren, ist meine Einstellung. Wenn ich könnte, würde ich der Sonne aber regelmäßig die Fresse polieren, wenn sie auf Untergang macht. Manchmal versuche ich das auch. Ich strecke meine Arme nach oben und drohe ihr. ›Ohne Scheiß‹, rufe ich der Sonne zu, balle die Fäuste, blinzle, ›reiß dich zusammen‹, hole zum Schwinger aus und streife ein, zwei Wolken. Die Wut danach ist so groß, dass mir übel wird. Ich kotz auf Sonnenuntergänge. Ich kotz auf alles.

Die Jungs lehnen am Bauzaun. Ich gehe langsamer und setze mein geschmeidigstes Lächeln auf, öffne den Reißverschluss meiner Jacke, halte sie auf und lass den Wind rein, drehe ein, zwei Kurven.

»Hab sie gefickt«, rufe ich, »schöne Stöße.«

Die Jungs grölen. Milan hält die Hand auf. »Kohle her«, sagt er. Die andern protestieren.

»Kohle her«, brülle ich. Milan und ich teilen.

»Alter«, sagt Milan, »du bist definitiv der Beste.«

»Ich bin definitiv der Beste«, wiederhole ich und ziehe mein Shirt hoch, »aber die Kleine war auch nicht schlecht.«

Die andern schauen sich den Abdruck ihrer sauber nebeneinander geparkten Zähne an, den sie mir als Tattoo in Form einer Bisswunde oberhalb der rechten Brustwarze hinterlassen hat.

»Die beißt. Ohne Scheiß. Und wie. Die hat winzige Zähnchen, richtig kleine, und mit denen beißt sie sich durch«, grinse ich.

Jenny und die größten Titten der Schule. Schöne, runde. Solche, die nach oben schauen, zum Himmel oder was weiß ich. So kann Gott auch von dort aus gut sehen, was er da Schönes gemacht hat. Wenn sie ne Bluse trägt, spannt das total und klafft auf. Man sieht dann, welchen BH sie anhat. Mit rosa Spitze, Schleifchen und so. Alle Jungs holen sich einen auf sie runter. ALLE. Die Streber genauso wie die Schwänzer. Außer den Schwuchteln holt sich also die ganze Schule auf genau die Möpse einen runter, die ich heute Nachmittag so richtig schön durchgelutscht habe. Ohne Scheiß jetzt: Hätte die da

Milch drin gehabt, wäre mein Kalziumbedarf für die nächsten drei Jahre gedeckt gewesen.

Wir gehen am Bauzaun entlang, ich trete Steinchen vor mir her und pfeife mein Siegerpfeifen. Die andern löchern mich mit Fragen Jennys Muschi betreffend. Ich pfeife weiter und zeige mit den Händen, was sich da alles so abgespielt hat. Außer Milan hat von denen noch keiner gefickt. Die sind so heiß drauf, ein paar nette Einzelheiten fürs Wichsen später aus mir rauszuquetschen, dass sie mir noch mehr Kohle geben wollen. Ich pfeife durch meine, bei den Zungen der Mädels sehr begehrte, Zahnlücke, halte die Hand auf und sage: »Also Jungs, dann passt mal auf …«

Halbe Stunde später sitzen Milan und ich am Fluss und trinken Bier. Ich hab zwei Runden ausgegeben, nachdem die andern ihre Ständer heimgetragen haben, bin ziemlich zufrieden und schaue aufs Wasser.

»Milan«, sage ich.

»Ja, mein Freund?«, sagt Milan.

»Milan«, sage ich, »schade, dass du keine Titten hast.«

Ich grinse und dann bekomm ich eine rein.

»Milan«, rufe ich und halte mir die Hände vors Gesicht, »ich würde dich voll ficken.«

Wir hauen uns ein bisschen, ich kriege seine Haare zu fassen, die für meinen Geschmack gut fünf Zentimeter zu lang sind, und drehe sein Gesicht zu mir.

»Soll ich dir die Zunge reinstecken, soll ich?«

Er boxt mir in den Bauch, aber ich hab ihn weiter an den Haaren. »Na, soll ich dir meine süße, kleine Zunge reinstecken? Vergiss nicht, wo die heute schon war.«

»Halt's Maul, Alter«, und dann verpasst er mir noch eine.

Milan ist vier Jahre älter als ich, schon zwanzig. ›Du Twen‹, sage ich und er ›Teenie‹, wenn wir uns auf die Eier gehen. Ein Jahr zurückgestuft worden ist er und anschließend zweimal sitzen geblieben. Aber nicht wegen Dummheit, sondern wegen Polen! Milan wollte nicht hierher und hat deswegen zwei Jahre lang kein Deutsch gesprochen. Obwohl er gekonnt hätte, weil seine Mutter Deutsche ist. Die hat ihm, schon als er ein winzig kleines Baby war, immer deutsche Lieder vorgesungen und so. Aber wenn ihn die Lehrer in der Schule aufgerufen haben, hat er auf Polnisch geantwortet. Einer, der bei ihm in der Klasse war, hat mir das erzählt, und dass die Lehrer das tierisch aufgeregt hat. Ich hab Milan total bewundert, weil er das jeden Tag wieder durchgezogen hat, ohne eine einzige Ausnahme. Willensstärke sagt man dazu, glaub ich. So hab ich das jedenfalls gesehen. Totalverweigerung haben die Lehrer es genannt. Irgendwann hat dann die Kunstlehrerin einen Nervenzusammenbruch wegen ihm gehabt. Die hat das persönlich genommen, dass Milan nur polnisch geredet hat. Das war so eine ganz junge, frisch von der Uni, ich hatte die auch. Schöne, mittelgroße Titten, aber kein Arsch. Ist in der sechsten Stunde kurz vor Schluss komplett ausgerastet und hat mit einem Malbrett so lange auf Milans Pult eingedroschen, bis das Brett Kleinholz war. Sie ist für vier Wochen in die Klapse gekommen und Milan auf die Hauptschule. Noch ein halbes Jahr später auf die Sonderschule. Irgendwann sind ihm die ganzen Mongos dort aber so auf die Nerven gegangen, dass er aufgegeben hat. Und dann war er plötzlich wieder da, nur diesmal in meiner Klasse. Seitdem sitzt er neben mir und schreibt nur Einsen. In allen Fächern. Der könnte aufs Gymnasium, ohne Scheiß jetzt, will er aber nicht. Der hat sich nicht mal die zwei Klassen wieder hoch versetzen lassen. Wenn er was nicht will, hat sich die Sache. Basta.

Milan ist auf jeden Fall der Coolste von allen. Das weiß ich, das wissen die Jungs, und Milan weiß es auch. Aber er macht kein großes Ding draus. Er ist der Chef und hat immer das letzte Wort. So ist das. Und weil alle das akzeptieren, gibt's nur selten Streit.

»Milan, mein Freund, du hast einfach ein Portiönchen mehr Oberstübchenmaterial als wir alle von oben mitbekommen.« Ich zupfe an seinem Shirt rum.

»Kann dir mein Oberstübchenmaterial direkt bestätigen«, antwortet Milan.

»Aber wie man mit den Jennys und dem dazugehörigen Bluseninventar umgeht, das weiß mein Boxershortsmaterial definitiv besser«, sage ich.

Milan zündet sich eine Zigarette an. Er inhaliert tief und schaut aufs Wasser. Es dauert eine Ewigkeit, bis er den Rauch wieder rauslässt. Dann sagt er: »Luis, mein Freund. Mein Schwanz ist ein Segen für die Menschheit, und ich muss mir seine Freundinnen sehr genau aussuchen.«

Wir trinken unser Bier aus. Ich schmeiße Steinchen ins Wasser und Milan raucht, macht Ringe, die an mir vorbeisegeln und dabei ihre Form verlieren, weitereiern auf ihrem kurzen Weg ins Nichts. Schön sieht das aus, ich winke ihnen hinterher.

»Jungs«, rufe ich, »ihr Eier, jetzt macht's mal gut.«

Auf dem Heimweg schlendere ich extra langsam, um noch so viel wie möglich vom Tageslicht abzubekommen. Ich laufe kleine Kurven, wie besoffen muss das aussehen. Aber ich hatte ja nur drei Bier, und drei Bier sind bei mir das Gleiche wie kein Bier. Ich könnte jetzt ohne Probleme nen Mathe-Test schreiben. Also, na ja. Theoretisch. Würde keinen Unterschied machen, ob ich blau wäre oder nicht. Weil Mathe ist mein Hirnleck. Da kommt die Info zwar im Oberstübchen an, verdampft aber sofort. Die Zahlen und die Kurven: nicht mein Ding. Also Kurven grundsätzlich schon, aber halt die Jenny-Kurven, logisch. Hochamtlicher Mathe-Nullblicker, das bin ich. Milan ist Mathe-Durchblicker und Mathe-Nebensitzer in einem. Also bin auch ich Mathe-Durchblicker in der Milan-Verlängerung durch Adlerblick. Capice?

Es dämmert stark, die Sonne kurz vorm Abgang. »Tschüss, du dumme Sau«, sage ich und biege um die Ecke, laufe über den Platz und lasse mich vom hell erleuchteten Flur unseres Blocks einsaugen.

Meine Mutter sagt: »Du Spezialist kommst immer, wenn ich gehe!«, und pfeift durch ihre, bei den Zungen der Jungs vom Afro-Shop drei Häuser weiter, sehr beliebte Zahnlücke. Ich pfeife zurück, grinse, sage: »Netter Versuch, Ma, aber deinen Genen sei Dank hab ich auch so eine.«

Wir pfeifen eine Weile so rum bei uns im Flur, ein richtig kleines Konzert ist das, und ich merke, wie sich mein Bauch mit Wärme füllt, mehr und mehr, bis ich sage: »Ma, ohne Scheiß jetzt, wir kommen ins Fernsehen.«

Dann gibt's ein bisschen Kleingeld, das Ma aus ihrem Geldbeutel direkt in meine Hand leert. Sie grinst mich an, sagt: »Kauf dir was Schönes zum Abendessen, Meise«, und zieht ihren Anorak über.

Ich zähle nach, stecke das Geld ein. »Alles klar, Täubchen.«

Sie hebt den Anorak hoch, sodass ich ihren immer noch prallen Hintern sehen kann, und öffnet die Tür.

»Bis später und vögel nicht wieder den ganzen Tag rum, du Vogel!«, sagt sie, ohne sich noch mal umzudrehen. Die Tür fällt krachend ins Schloss, und ich mache eine kleine Verbeugung. Diese Frau gilt es zu schlagen, Girls. Diese Frau, nur dass ihr's wisst.

Ich halte mir den Bauch, bis die Wärme komplett raus ist, stehe regungslos im Flur und konzentriere mich auf den Wärmeverlust.

»Tschüss Ma«, sage ich schließlich, springe hoch und haue mit der flachen Hand an den Lampenschirm wie an einen Basketballkorb: versenkt! Hab ich mal in nem Film gesehen, fand's ziemlich cool und mach es seitdem auch.

Aus dem Kühlschrank angele ich mir eine eingeschweißte Packung Mortadella, reiße sie mit den Zähnen auf und stecke mir drei Scheiben auf einmal in den Mund. Dann noch eine hinterher, bevor ich die Balkontür öffne und nach draußen trete. Fünfzehnter Stock, letzte Etage, weiter oben geht nicht: Die Stadt liegt mir zu Füßen. Als Kurzer hab ich unglaubliche Angst davor gehabt, da runterzuschauen. Hab mich am Geländer festgehalten und gemerkt, wie mein Atem schneller wurde, mein Herz zu rasen anfing. Höhenangst, die ich HA nenne, was glaubt ihr denn! Hab innerlich gezählt, mich getestet, wie lange ich es aushalte. Am Anfang war ich schlecht, bei zehn spätestens musste ich jedes Mal abbrechen und mit einem riesigen, nicht gerade eleganten Sprung in die Wohnung zurückhechten. Aber ich bin besser geworden! Hab jeden Tag trainiert, immer wenn ich alleine war, manchmal mehrere Stunden lang, sodass ich abends völlig erschöpft war und Ma sich wunderte.

»Was machst du den ganzen Tag, Luis?«

»Lernen«, antwortete ich, und sie pfiff und sagte: »Spaßvogel!«

Wie gesagt, mittlerweile bin ich Meister. Ich stehe da, einmal am Tag, und schaue über die Stadt. Das ist der beste Moment des Tages. Immer.

»Das ist der Triumph«, sage ich laut. »Das ist der Triumph!«, brülle ich, und die Stadt unter mir zittert. Die Stadt, das Mädchen. Mein Mädchen. Ich bin der Trainer, und ich bin die Mannschaft. Das ist mein Motto. Wenn ich genug Kohle zusammen habe von den Fickwetten, lass ich mir den Satz auf den Rücken tätowieren. Natürlich auf Englisch. Über die Schultern, wie Flügel, so was in der Art.

Ich schicke eine Scheibe Mortadella über die Brüstung auf die Reise und johle ihr hinterher. Dann stecke ich mir die restlichen Scheiben alle auf einmal in den Mund. Ich kaue, ich lutsche, quetsche schöne Würmchen durch meine Lücke. »Ich hab Wurstbrei im Mund«, sage ich laut und muss lachen. »Ich hab Wurstbrei im Mund«, brülle ich, und es spritzt ordentlich. Ich breite die Arme aus: »Mein Mund hat einen Orgasmus, mein Mund kommt voll«, kreische ich der Stadt entgegen. Und sie antwortet mir wie immer: »Luis«, jault es aus den Motoren der Autos, »ich lieb dich auch!«

Am Wochenende ist Saufen. Immer. Milan sagt ›ERSAUFEN‹ dazu und lächelt dabei gnädig. Wenn wir alle Biere, alle Schnäpse zusammenkippen würden, gäbe das einen schönen See. An vier Wochenenden würden wir es gemeinsam bestimmt auf ein Babybecken bringen.

Ich jogge los, mache nen kleinen Umweg, weil ich Nutella noch besuchen will. Gehe nicht direkt die Hauptstraße runter, die erst am Netto vorbei und dann zur Esso führt. Unsere Esso ist das. Die Jungs und ich hängen da jeden Abend ab. Oder fast jeden. Das Bier kaufen wir aber nicht dort, sondern kurz vor Ladenschluss beim Netto. Ist doch viel zu teuer sonst. Nur ganz selten, wenn wir uns in der Menge verkalkuliert haben, legen wir für nen Sechser aus der Esso zusammen. Ist doof, aber kann passieren. Dann muss man ein finanzielles Opfer bringen. Denn: Der Alk geht über alles. Über Freundschaft würde ich jetzt nicht sagen, aber über Kurven zum Beispiel schon. Also beide, Jennys und die in Mathe. Erklär ich kurz: Auf Promille kann man bauen. Wenn man so und so viel Bier trinkt, kommt der und der Promille-Pegel dabei raus. Klare Sache. Jennys und Mathe sind krass unberechenbar. Die verlieben sich plötzlich in einen oder, wenn Milan mal krank ist, führen zu Sechsern unterm Test und Versetzungsgefahr. Und irgendwas braucht man halt, worauf man bauen kann. So generell.

Nutella steht am Zaun und frisst Gras. Nutella ist das Pony vom alten Jablonski. Der ist auch einer, der auf den Alk baut. Aber er hat daraus ›ne Lebensentscheidung gemacht‹, wie er immer sagt. Jablonski, der alte Saufsack. Repariert Karren zum kleinen Preis, wenn ihr wisst, was ich meine. Hat einen vergammelten Schuppen hinter der Hollinger-Siedlung stehen, und da stapeln sich seit Jahrzehnten die Keilriemen und Bremsklötze drin. Die Geschäfte laufen gut für Jablonski. Aus den Siedlungen geht eigentlich jeder zu ihm. Die haben ja alle dicke Autos. Die meisten arbeitslos, aber die Autos dicker, als meine Eier noch werden können. Keine Ahnung, wie die das machen. Obwohl, na klar weiß ich das, aber ich halt lieber die Fresse, was das angeht.

Zu Jablonskis Schuppen gehört ein kleines Grundstück, genauer gesagt eine Apfelbaumwiese. Zwischen der Hollinger- und der Uhland-Siedlung ist die. Ich stehe ja sonst eher auf Fleisch, aber Jablonski-Äpfel sind Legende. Die vom Baum verkauft er vorne im Schuppen, das Fallobst dürfen die Kinder aus den Siedlungen aufsammeln. Seit Jahrzehnten ist das so. Damit hat er uns alle zu großen, starken Männern gemacht, behauptet Jablonski immer, wenn die Jungs und ich ihn besuchen. Und zu Milan sagt er: ›Wärst du mal auch schon früher rüber‹, und lacht. Er schiebt dann meistens was auf Polnisch hinterher, aber Milan reagiert darauf nicht. Kein Wort Polnisch hat er mehr gesprochen seit der Sache mit der Sonderschule, seit er aufgegeben hat. Jablonski probiert es seit Jahren, aber nix zu machen. Das hat mit seinem EPIDSP zu tun. Was das ist, erkläre ich später.

Die Apfelbaumwiese ist jedenfalls Nutellas Wohnung. Außer es hagelt oder schneit. Dann stellt Jablonski sie in seinen Schuppen und dort darf sie die Windschutzscheiben der Autos blank lecken, da steht Nutella drauf, und zwar tierisch. Aber eigentlich ist sie fast das ganze Jahr über draußen. Jablonski hat hier schon gewohnt, da gab es die Siedlungen noch gar nicht, die Hollinger nicht, die Uhland nicht und unsere natürlich auch nicht. Das Grundstück hat seinem Vater gehört oder seinem Opa. So genau weiß ich das nicht mehr und er wohl auch nicht. Der Schuppen hat für ihn einen ›symbolischen Wert‹ sagt er und grinst sein berühmtes Jablonski-Grinsen. Vater und Mutter Jablonski haben ihn da drin produziert. Damals wussten sie natürlich noch nicht, dass sie mal seine Eltern werden, haben aber im Schuppen, der zu der Zeit noch so was Ähnliches wie ein Gartenhäuschen und schön lauschig war, den Grundstein für diese Karriere gelegt. Wenn ihr wisst, was ich meine. Keine Ahnung, ob das stimmt und ob es wichtig ist, dass es stimmt. Jablonski grinst jedenfalls so, als ob es stimmt. Man sieht dann seinen schwarzen Schneidezahn, ziemlich eklig ist der. ›Geh doch mal zum Zahnarzt, Jablonski, und lass deine Ruine da abreißen‹, sage ich immer. Aber er schüttelt nur den Kopf. In dem Punkt ist er genauso verbohrt wie mit seinem Grundstück. Das gibt er einfach nicht her. Die haben schon alles versucht. Kohle ohne Ende geboten, anonyme Drohbriefe verschickt, die Wohnung in der Uhland haben sie ihm gekündigt, und einmal, vor einem Jahr war das, da haben sie ihn zusammengeschlagen. Der alte Jablonski ist damals gegen zwei Uhr nachts aus dem Haltepunkt rausgewankt. Der Haltepunkt ist die gammlige Kneipe am Eingang zur Hollinger. Ist sein Stammschuppen, die schrumplige Elli hinterm Tresen seine Braut. Jedenfalls ist er in dieser Nacht aus dem Haltepunkt rausgewankt und hat sich auf den Heimweg gemacht. Am Eingang zur Wiese haben sie ihn sich dann geschnappt. Vier Rippenbrüche, Nase zerschmettert, Leber gequetscht. Wochenlang lag der im Krankenhaus. Ich bin mit den Jungs hin, aber da hat er schon wieder sein Jablonski-Grinsen draufgehabt. Kurz darauf wurde sein Schneidezahn schwarz. Aber er ist trotzdem geblieben, er hat nicht verkauft, und den Zahn hat er sich ›als Andenken‹ stehen lassen. So ist er halt, stur wie Sau.

Nutella schnaubt ein bisschen. Ich beuge mich über den Zaun und streichele ihre Nase. Sie hat weiches, rötlich-braunes Fell. Keine Flecken oder so, komplett einfarbig. Ich gehe oft hier vorbei. Manchmal auch mit den Jungs, wenn uns die Esso anödet. Aber meistens alleine. Milan und die Jungs wissen nicht, dass Nutella und ich ein gutes Verhältnis haben. Müssen sie auch nicht. Dass man als Typ ein gutes Verhältnis zu einem Pony hat, kann ja auch schwul oder weicheimäßig rüberkommen. Nee, ohne mich. Ich streiche Nutella noch mal über die Mähne, nicke ihr zu und mache mich auf den Weg zum Netto.

Marco und ich erledigen den Einkauf. Milan und die Jungs stehen solange draußen und rauchen. Beim Reingehen höre ich Milan »Fresse« sagen, als einer der

Jungs mit ner Story anfängt, und weiß sofort: Heute ist Milans Ruhetag. Auch das wegen dem EPIDSP, wie gesagt: kommt später. Marco schiebt den Einkaufswagen, und ich lade ein. Vier Sixpacks, sieben Dosen Red Bull, eine Flasche Wodka, eine Korn. Marco will Chips, aber ich schicke ein gepfiffenes ›Nein‹ durch meine Lücke, und er legt die Tüte zurück ins Regal. Wenn Milan nicht dabei ist, teste ich manchmal meine Chef-Qualitäten aus, man weiß ja nie. Manchmal müssen Leute ins Krankenhaus oder auf Beerdigungen. Das sind Termine, die man nicht verschieben kann und auch nicht absagen. Selbst Milan nicht. Wenn seine Oma in Polen abtritt zum Beispiel, fährt er logischerweise da hin. Dann braucht er Vertretung. Die bin, dreimal dürft ihr raten: Die bin ich! Und darauf will ich gut vorbereitet sein. Es geht dann darum, dass ich die Jungs so schnell wie möglich unter Kontrolle kriege, damit kein Chaos ausbricht, keiner von denen auf dumme Gedanken kommt. Generell ist es wichtig, dass die Jungs nicht selber denken. Das hat Milan mir beigebracht, hat mir von Anfang an eingetrichtert, wie wichtig es ist, dass die Angestellten niemals eigenes Denken entwickeln, weil das zu eigenen Entscheidungen führt. ›Und die kann keiner gebrauchen.‹ Sagt Milan. Und ich stimme ihm zu, wie ich ihm immer zustimme, und schaue auf seine Stirn, hinter der sich seine perfekt ausgestattete Oberstube befindet, auf die auch ich mich verlassen kann, wenn ich mal nicht weiterweiß. Wäre ich ein Sessel, richtig aus Leder und so, ich würde gern in Milans Stube stehen und nirgends sonst.

Schlange, weil Feierabend. Marco macht den Weg frei, schiebt die Leute einen nach dem anderen zur Seite. Die Kassenlady ist erstens zu alt und zweitens zu schlecht gefärbt für ne Anmache. Sie schaut mich aus trüben Augen an, und ich überlege, wie sie wohl ausgesehen hat, als sie in meinem Alter war. Aber ich kann mir das einfach nicht vorstellen. Leute um die fünfzig finde ich widerlich. Mitte ist scheiße. Ich steh drauf, wenn's extrem ist. Entweder richtig jung sein oder richtig alt, richtig frisches Gemüse oder richtig durchgefaultes. Dieses Rumgeschimmele von den Fünfzigjährigen hält doch kein Schwein aus.

»Schönen Abend noch, du Schimmel«, sage ich, als sie mir das Wechselgeld in die Hand schüttet, und sie zuckt vor Schreck zusammen. Das hab ich eigentlich gar nicht gewollt. Wenn ich nicht noch im Chef-Modus wäre, würde ich ihr jetzt zulächeln, das Luis-Spezial-Lächeln benutzen, das die Mädels immer direkt so zusammenfaltet, dass ich ihnen anschließend nur noch einen Zungenstups durch meine Lücke geben muss, damit sie die Kleider fallen lassen, als wären nie Knöpfe oder Reißverschlüsse dran gewesen.

Draußen steht Milan und schaut geradeaus. Ich folge seinem Blick, aber da ist nur das Schild, das die Spielstraße ankündigt, und dahinter ein Baum, der Grippe hat oder Pilz, ich hab vergessen, wie das heißt, wenn Bäume krank sind. Der einzige Baum hier in der Straße ist das. Vielleicht fühlt sich Milan deshalb zu ihm hingezogen. Die Jungs stehen im Halbkreis um ihn rum, auf jeder Seite zwei. Sie machen seinen Gesichtsausdruck nach und rauchen Selbstgedrehte. Also alles so wie es sein soll: vier leere Stuben und eine volle!

Ich pfeife einmal kurz, und Milans Blick schwenkt vom Baum auf mich. Ich lächle und halte eine Plastiktüte hoch. Milan nickt langsam. »Los«, sagt er, und wir setzen uns in Bewegung.

An der Esso lassen sich Milan und die Jungs auf die Bänke fallen. Ich hebe die Flaschen und Dosen einzeln aus den Tüten, und Marco stellt sie nebeneinander auf. Wir haben ein eigenes System, ›Raufdichten‹ genannt. 1. Bier, 2. Wodka-Red Bull, 3. Kurze. Wir arbeiten uns prozentemäßig hoch, Marco ist für's Öffnen zuständig. Er reicht jedem von uns ein Bier, und wenn die leer sind, die zweite Runde, dann die dritte. Nach Stufe 1 gehen wir gemeinsam pissen, das ist immer so. Dazu marschieren wir den kleinen Weg durchs Gestrüpp hinter der Esso runter zum Fluss. Ist stimmungsvoller da. Die Bäume der Uferallee stehen in gleichmäßigen Abständen nebeneinander. Jeder hat seinen eigenen Baum, die Aufstellung ist immer gleich. Milan und ich jeweils außen, Marco und die Jungs dazwischen. Wer am längsten pisst, bekommt seinen Anteil vom Alkgeld zurück. Marco hat einen guten Strahl, Milan auch, aber in der Regel gewinne ich, weil ich mir die Pisse ab Nachmittag aufspare. Wenn wir uns am Abend treffen, ist meine Blase meistens schon so voll, dass ich mich bis zum dritten Bier extrem konzentrieren muss, damit ich mich nicht einpinkele. Das ist sehr, sehr schmerzhaft, und manchmal frage ich mich, wie lange ich das meinem Schwanz noch zumuten kann. Mein Schwanz ist ja mein Freund, mein Partner. Er holt mir die Kohle rein, egal ob jetzt am Baum, oder in den Mädchen drin.

Mein liebster, größter, steilster Schwanz, auf den ich bauen kann, der mich nie im Stich lässt. Okay, einmal, aber das war sein erster Einsatz überhaupt. Manchmal schmiere ich ihn zur Belohnung mit Mas Gesichtscreme ein, die nach irgendeiner Blume riecht, keine Ahnung, welche das ist. Die Girls lieben die Creme jedenfalls und schlecken sie von ihm ab, als wäre er aus Schoko. Und trotzdem, der Trick mit dem Pissesparen ist eine Qual für ihn. Wenn wir aber wie jetzt mit blanken Ärschen in einer Reihe jeder an unserem Baum stehen, Milan laut zählt ›EINS, ZWO, GO!‹, und ich meine Pisse hart wie eine Axt in den Baum schlage, weiß ich, unsere Arbeit, die von meinem Schwanz und mir, hat sich gelohnt: Mit diesem Strahl könnten wir in ner Autowaschanlage arbeiten!

Zurück auf den Bänken öffnet Marco die Red-Bulls und einer der Jungs die Wodkaflasche. Jeder bekommt eine Dose, und die Flasche wandert im Kreis. Als Marco mir eine Dose hinhält, winke ich ab. An manchen Tagen überspringe ich Stufe 2 und gehe gleich zu den Kurzen über. Ich schraube am Drehverschluss vom Korn, fasse die Flasche am Hals und setze an.

Was das Saufen angeht, haben wir ganz klar ein Ranking. Ich an der Spitze, logisch. Obwohl ein paar von den Jungs auch ganz gut was vertragen. Vor allem Marco, aber so richtig zählt der nicht, weil er fett ist. Da haben die Promille ja jede Menge Polster zum Sichreinlegen und Erstmalabhängen, bevor sie in die Blutbahn abwandern. Im Laufe des Abends kommen beim Marco jedenfalls ganz schön viele Kumpels auf seiner hauseigenen

Fettcouchgarnitur zusammen. Bei Milan aber ist nach drei Bier Schluss, Schnäpse gehen gar nicht, da geht er gleich zum Klo.

»Das sind meine asiatischen Wurzeln«, sagt Milan.

»Eine Schande«, ich stampfe mit dem Fuß auf. »Wie war das noch mal?«

»Wie war was?«

»Das mit dem Schnaps!«

»Der gute Schnaps von Onkel Jaroslav«, sagen die Jungs im Chor.

»Genau, der gute Schnaps von Onkel Jaroslav im Keller deiner Eltern.« Ich stütze die Arme in die Seiten. »Der, der das Sperma schneller macht. Hat sich dein Vater nicht jede Nacht in den Keller geschleppt? Haben deine Eltern nicht jede Nacht hart an dir gearbeitet? Und jetzt das! Eine Schande.«

Milan hebt seine Hände in die Luft, zuckt die Schultern und schüttelt den Kopf. Ich baue mich vor ihm auf.

»Ich war ja nicht dabei«, sage ich, »aber vielleicht hat dein Vater auf dem Weg vom Keller ins Bett mal nen Zwischenstopp auf der Couch eingelegt, und als er morgens wieder aufgewacht ist, hat er sich gewundert, wo all die Glückskekse auf dem Küchentisch herkommen.«

Milan streicht sich über die Oberschenkel, er schaut an mir vorbei.

»China-Express?«, fragt Marco und balanciert dabei die Wodkaflasche auf seinem Knie.

»Jetzt wird mir alles klar!« Ich deute mit dem kleinen Finger seufzend auf Milans Schoß, halte ihn in die Luft und knicke die Fingerkuppe ein.

Milan schaut mich an. Unter seinen Augen dunkle Schatten, wie hingemalt sehen die aus. Er greift hinter sein Ohr, schnappt sich die Vorgedrehte, die da wie immer steckt, zündet sie an, zieht einmal, stößt den Rauch aus, zieht noch mal und lässt mich dabei nicht aus den Augen. Dann öffnet er mit der rechten Hand seine Hose, zieht den Reißverschluss auf und holt mit einer unglaublich lässigen Bewegung seinen Schwanz raus.

»Redest du von dem?«

Ich halte den Atem an, hab ihn schon tausendmal gesehen, aber immer der gleiche Effekt. Groß kann man den nicht nennen, seiner ist ein Riese. Unter mir knackt es. Es riecht nach Ameisenhaufen. »Du gehörst in den Wald, Milan«, sage ich.

Zwei Mädchen gehen an uns vorbei. Sie kichern, als sie Milans Schwanz sehen. Milan lächelt ihnen zu und schiebt ihn seelenruhig in den Schlitz seiner Jeans zurück. Der Geruch von süßem Parfüm steigt mir in die Nase. Kokos! Eins der Mädchen zwinkert mir zu. Sie hat langes hellblondes Haar. Aber gefärbt! Es leuchtet matt neben den krausen Locken der Freundin, die Tankstellenlichter sind wie Scheinwerfer drauf gerichtet, cool sieht das aus. Eine kleine Handtasche hängt über ihre Schulter, rosa und abgewetzt. Ich stelle mir die Schminksachen darin vor, den Lippenstift, den Eyeliner, das drei Hauttöne zu dunkle Make-up, Tampons, Kaugummis dazwischen, Kleingeld, eine Mini-Sprühflasche Deo. Da stehe ich tierisch drauf, auf den Inhalt von Mädchenhandtaschen. Keine Ahnung warum, aber ich bitte die Girls oft, ihre Taschen auszuleeren und auf dem Bett zu verstreuen, bevor ich sie flachlege. Ich lächle zurück, und sie erwidert es, hält meinem Blick stand. Ich wusste es! Eine von denen: eine Gute.

»Jungs«, sage ich, ohne das Mädchen aus dem Blick zu lassen, greife in meine Hosentasche und ziehe einen Zwanziger raus. Ich halte ihn hinter mich in die Runde. Marco rülpst einmal laut und sammelt dann die Kohle ein.

Ihr Name ist Kelly.

»Kelly, echt?«, ich verdrehe die Augen: »Bist du 'n Ami, oder was?«

»Nee«, sie grinst und streichelt ihre nackten Arme.

Die Freundin will vor der Tür warten. Sie kichert: »Darf ich zuhören?«

Kelly zieht sich einen schwarzen Kaugummi aus dem Mund. »Klar«, sagt sie und hält ihn ihr hin.

»Was 'n?«

»Kannst kurz nehmen?«

»Ach so«, sagt die Freundin und sperrt den Mund weit auf. Die Kaugummikugel landet auf ihrer Zunge.

»Aber nachher will ich ihn wiederhaben. Klar?«

»Klar.« Die Freundin kaut mit offenem Mund.

Als wir die Tür hinter uns zuziehen, flüstert Kelly mir zu: »Die hat noch nie. Süß, oder? Die muss noch üben. Für ihr erstes Mal.«

»Tankstellenklo, bisschen assi, oder?« Ich setze mein charmantestes Lächeln auf.

»Wieso?«, sagt Kelly und guckt mich mit großen Augen an. Sie streckt mir die Zunge raus. Schwarz ist die.

Draußen das Kaugummischmatzen der Freundin, und

Kelly streichelt meinen Schwanz, als wäre er ein kleines Meerschweinchen. Sie schaut hoch und lacht: Ihr ganzer Mund ist schwarz. Ich beuge mich vor, stecke meine harte Zunge da hinein. Und was dann passiert, kann sich jeder denken. Beziehungsweise: ist der Knaller.

Die Jungs johlen, Marco flucht. Milan steht etwas abseits, raucht. Er lächelt zufrieden und nickt mir anerkennend zu. Ich erzähle, bis sich alle im Schritt rumdrücken, einer aufsteht und schnell Richtung Klo läuft.

»Jungs«, sage ich und lasse mich mit einem schweren Seufzer auf die Bank fallen, »das war's mit Details. Bier her, schnell!«

Sie protestieren. Ich fuchtele mit der Hand in der Luft herum, schüttele den Kopf. »Ich bin zu erschöpft, und meine Lenden schmerzen von Herzen.« Ziehe den Edding aus meiner Hosentasche, beuge mich über die Bank und male mein Zeichen auf eine der Holzstreben: Das T trägt das M auf den Schultern. M für Mannschaft, T für Trainer. Hab ich mir ausgedacht, das kommt in die Mitte vom Tattoo.

Als ich fertig bin, strecke ich meine Hand Richtung Marco aus: »Bier her, Alter!«

Marco sieht mich entgeistert an. »Das geht nicht!«, sagt er.

»Was?«

»Das geht nicht, Luis.«

Ich lege meinen Kopf schief. »Wieso geht das nicht, Marco?«

Er verschränkt die Arme vor der Brust. »Du bist schon bei Stufe 3.«

Ich glotze ihn an. »Ja, und?«

Marco schaut erst zu Milan, dann zu den Jungs und wieder zu mir.

»Du kannst jetzt nicht einfach zurück auf Stufe 1. Überspringen geht, aber zurück kann man nicht, keiner kann das!«

Seine Backen glühen rot wie nach einem Satz Schellen.

»Marco«, sagt Milan scharf und schnipst seine Kippe knapp an seinem Arm vorbei in einen Mülleimer neben der Bank. Marco kneift die Lippen zusammen, fixiert mich, ohne sich zu bewegen. Ich ziehe die Augenbrauen hoch, und wir starren einander an. Fünf, zehn, fünfzehn Sekunden verstreichen. Ich öffne langsam den Mund, und ein leises Pfeifen bahnt sich seinen Weg durch die Lücke. Marco senkt den Blick, greift neben sich in die Tüte, holt ein Bier raus und hält es mir hin. »Tststs«, mache ich und nehme es nicht. Marco zieht seine Hand zurück, ohne den Blick zu heben, holt ein Feuerzeug aus der Jackentasche und öffnet das Bier mit einem lauten Knallgeräusch. Jetzt erst sieht er mich an. Ich warte ein paar Sekunden, bevor ich es mir schnappe, grinse ihn breit an, lege den Kopf in den Nacken und ziehe das Bier komplett runter.

»Gib mal die Kohle«, sage ich anschließend. Ich zähle nach, haue Marco mit der flachen Hand auf den Hinterkopf und drohe: »Alter, her damit!«

Er reagiert nicht. Ich schnappe mir sein Gesicht und quetsche seine Pausbacken so richtig schön zusammen.

»Jetzt rück die Knete raus, du fette Schwuchtel!«

Und da erwischt mich Milans Blick. Kalt schneidet er

mich einmal in der Mitte durch, Milan The Klappmesser. Ich lasse Marco los, lehne mich zurück, und mein nächstes Bier ist sogar noch schneller unten als das letzte.

Sonntagmorgen und Kopfschmerzen: Das ist eins. Als würden kleine Männer um meinen Kopf rumstehen und mit spitzen Schuhen im gleichen Rhythmus dagegentreten. Beim Aufstehen rammt mir einer den ganzen Schuh ins Ohr. Benommen wanke ich vom Bett Richtung Flur. Auf dem Weg zur Küche klopfe ich kurz an Mas Tür.

»Aufwachen!«, sage ich, und der Schuh bohrt sich dabei noch tiefer rein.

Ma antwortet nicht, also kicke ich mit dem Knie gegen die Tür. Die Erschütterung des Kicks arbeitet sich in Form einer Schmerzwelle meinen kompletten Körper bis zum Kopf hoch. »Aua«, murmele ich, als sie dort ankommt, und etwas lauter: »Raus aus deinen Federn, Täubchen!«

Im Küchenschrank finde ich eine letzte Kopfschmerztablette. Die Packung ist eingerissen, die Tablette an den Rändern bräunlich verfärbt. Ich rieche dran, lecke mit der Zunge drüber. Schmeckt komisch. »Scheiß drauf!«, sage ich und schnipse die Tablette in ein Glas, halte es unter den Wasserhahn, bis es randvoll ist. Ma kommt rein, hat 'n Snoopies-Schlüpfer an und eins meiner weißen Unterhemden. Lässt sich auf die Sitzbank fallen und reibt sich die Augen. Ich glotze in mein Glas, die Tablette blubbert und sprudelt. Irgendwer auf der Etage kocht. Es riecht nach angebratenen Zwiebeln, nach Tagesablauf: zwölf Uhr Mittagessen, für ’n Arsch! Ich betrachte Ma, die geilen Beine, die sie hat. Mädchenbeine sind das noch, ohne Scheiß jetzt. Komplett rasiert, also Oberschenkel auch, obwohl sie sowieso nur ganz feine hellblonde Härchen hat. Wie die an den Armen, die glitzern, wenn die Sonne draufscheint, und aufrecht stehen wie Gras nach dem Regen, wenn sie Gänsehaut bekommt. Als ich noch kürzer war, durfte ich in der Badewanne immer ein bisschen Schaum aus der Dose auf ihre Beine sprühen und darauf verteilen, an manchen Tagen sogar eine Bahn mit dem Rasierer fahren. Vom Knie bis zum Knöchel, eine astreine Bahn hab ich gezogen. Zum Üben für später, wenn ich nen Bart bekomme, meinte Ma immer. Aber ich hab null Bartwuchs, oder sagen wir mal: Tendenz null. Einzelne Haare wachsen da ab und zu und bisschen Oberlippenabteilung, logisch. Aber sonst: Kahlhausen! Ist okay irgendwie. Die Mädels stehen sowieso drauf, weil’s nicht kratzt beim Küssen. Obwohl ich ganz tief drin schon manchmal denke: Hat ’n bisschen arg gespart mit Bart, der Gott.

Mas Augen sind geschlossen, sie döst auf der Sitzbank vor sich hin.

»Das kann eigentlich nicht angehen, dass du länger pennst als dein missratener Sohn«, sage ich und kippe mir die Anti-Kopfwehbrause in den Rachen. Energisch knalle ich das Glas auf den Küchentisch und brülle los: »ICH HAB’S DIR SCHON GESAGT, ICH GEH ZUM JUGENDAMT, WENN DAS SO WEITERGEHT!«

Ma grinst. Sie erhebt sich sehr langsam und kommt auf mich zu. Schlingt die Arme um meinen Nacken, springt an mir hoch und umschließt mit den Beinen meine Hüfte.

»Mein Vögelchen«, sagt sie und kommt ganz nah an mein Gesicht ran, »ich gehe als Unterstützung gerne mit, alkoholisiert oder bekifft, ganz wie du magst. Was halt in deiner Akte besser aussieht.«

Ich trage sie zurück ins Bett, und sie lässt sich rückwärts reinfallen, gehe ins Bad und mache Zahnpasta auf ihre Zahnbürste. In der Küche fülle ich das Kopfwehtabletten-Glas mit Wasser auf und trabe ins Schlafzimmer. Ich setze mich auf den Bettrand, beuge mich über sie.

»Mund auf, Ma!«

Sie macht's, liegt mit geschlossenen Augen da. Ich stecke die Zahnbürste rein und fange an zu putzen. Ma hat wunderschöne Zähne, ganz weiß und gerade sind die. An ihrer Lücke mache ich mich besonders lange zu schaffen, drücke die Borsten durch, wieder und wieder. »Mach mal weiter auf«, sage ich, als ich an die oberen Backenzähne ran will. Sie tut es, ohne die Augen zu öffnen, kratzt sich am Unterarm dabei. Die Mücken lieben ihr Blut, saugen sie aus am ersten warmen Tag im Jahr und trinken sie über den Rest des Sommers fast leer. Keine schmeckt so süß wie sie.

»Fertig!« Ich ziehe die Zahnbürste raus, stecke sie mir selbst in den Mund und beginne zu putzen. Beuge mich runter dabei und greife das Wasserglas, halte es ihr mit der linken Hand hin. »Ma?« Sie öffnet die Augen. Vorsichtig setzt sie es an den Mund. Mini-Bäche laufen ihr aus den Mundwinkeln und den Hals runter, als sie den ersten Schluck nimmt. Sie spuckt das Wasser zurück ins Glas und hält es mir hin. Ich stelle es auf der Matratze ab, schrubbe meine Beißerchen und wische ihr mit den Fingern die letzten Zahnpastareste von den Lippen. Zähneputzend schaue ich mich um. Der Schrank steht offen, eins von Mas Kleidern hängt vor dem Fernseher.

»Hast du geguckt?«, frage ich, und weil sie's nicht versteht, nehme ich die Zahnbürste raus und frage noch mal.

Sie schüttelt den Kopf. Wir gucken voll selten: Fernsehen immer nur, wenn man krank ist. Hat Ma eingeführt, da war ich noch ziemlich kurz. Und weil ich immer in ihrem Bett liegen durfte, wenn ich krank war, und weil in ihrem Zimmer nur Platz für eben dieses Bett und einen Schrank ist, hat sie den Fernseher einfach irgendwann da reingestellt und den Jablonski kommen lassen. Der hat ein Loch unten rechts in die Schrankwand gebohrt, da haben wir das Kabel durchgesteckt, die Schranktüren weit aufgemacht, und dann ging's los. Bin nicht oft krank, leider. Wickele mir, wenn ich gucken will, nen Verband um den Kopf. Oder täusche Asthma vor. Beides nickt Ma meistens leise pfeifend ab.

Sie streckt einen Arm aus, fährt mit der Hand über meinen Brustkorb. Zupft an den paar Härchen rum, die meinen Nippeln da seit Neuestem ein bisschen Gesellschaft leisten.

»Aua«, sage ich und nehme einen Schluck aus dem Glas.

»Ein richtiger Mann wirst du langsam.« Sie grinst und zieht doller an den Härchen.

»Aua«, sage ich wieder und werfe die Zahnbürste kopfüber ins Glas. Ich stelle es rechts neben dem Bett auf den Boden, greife nach Mas Armen und drücke sie neben ihrem Kopf ins Kissen.

»Ich bin schon ganz ganz lange einer, Ma«, sage ich und hauche ihr dabei meine Zahnpastafahne ins Gesicht. Sie gluckst, sie liebt die Zahnpastafahne. Ihre Haut ist hellrosa, fast durchsichtig, gar nicht alt. Über der Oberlippe blonder dichter Flaum. Ich flüstere ihr ins Ohr: »Ma, sei mal froh, dass du keine Türkin bist. Du hättest mehr Bart als ich.«

Dann springe ich auf und lasse meine Hüften kreisen. Mein Schwanz schwingt in der Shorts hin und her und peitscht gegen den Stoff, steht immer wieder raus, als wäre er grade am Leben. Ma lacht laut, sie hält sich die Augen zu. »Luis«, ruft sie, »hör auf!«

Draußen laufe ich Slalom um die Kotzehäufchen, die in regelmäßigen Abständen auf dem Asphalt verteilt sind, wie kleine Inseln im Meer. Ein Wochenendritual ist das. Ich pfeife ein bisschen und versuche den Häufchen Speisen zuzuordnen. Lasagne ist dabei, die üblichen Spaghettis und irgendwas mit ganz viel Gemüse. Laufe weiter, schneller und schneller, lasse unsere, dann die Hollinger, schließlich die Uhland-Siedlung hinter mir. Drehe mich um, immer mache ich das, präge mir alles noch mal ganz genau ein.

›Man darf nicht vergessen, woher man kommt‹, sagt Jablonski. Und er hat recht.

Jennys Unterarm sieht seltsam verdreht aus. Ich liege ohne Kissen, den Kopf auf die Matratze gepresst, neben ihr und schaue zu, wie sich ihr Rücken in gleichmäßigen Atemzügen hebt und senkt. Um sie rum und übers ganze Bett verteilt: Bonbons, Tampons, Haargummis. Ihre Tasche: von einem Bettpfosten aufgespießt.

»Jenny«, flüstere ich. Sie reagiert nicht. Ich puste vorsichtig in ihren Nacken. Dann pfeife ich leise, aber sie schläft einfach weiter. Schließlich drehe ich mich auf den Rücken. An der Decke steht in gelber Farbe der Satz: Wer Sonne hat, kann Sonne geben.

»Hmhm«, murmele ich, »ich hab nen Sonnenbrand«, und grinse. Ich winke kurz und meine Gott, der's mir heute wieder richtig gut besorgt hat. Beim Ficken bin ich ganz nah an Gott dran. Ich fühl mich dann immer, als würde er mir das Du anbieten, kann gar nicht anders, als ich selbst zu sein. Und wenn ich ein gutes Mädchen habe, also eins, das sich was traut, bekomme ich meine Trainer-Schwingen auch ohne Tattoo. Wenn mich deshalb einer fragt: ›Glaubst du an Gott?‹, sage ich immer wie aus der Pistole geschossen: ›Logisch, ohne Ende glaub ich an Gott!‹ Zwischen zwei schönen Stößen rufe ich laut ›Hallo‹ Richtung Zimmerdecke und hoffe, dass es oben im Himmel ankommt. Ich stelle mir vor, wie Gott lacht und mir vor lauter Freude einen super Orgasmus runterschickt. Als Lohn für die harte Arbeit. Deshalb treffe ich mich immer total gern mit Gott. Ist ja irgendwie auch klar.

Jenny murmelt was im Schlaf. Ich stupse sie mit dem Zeigefinger an, drehe mich zur Seite, als sie nicht reagiert. Wie lange bin ich schon hier? Schon Nachmittag jetzt. Verbumst. Sie hat schön ausgesehen in manchen Momenten. In anderen nicht. Vor dem Fenster fahren hupende Autos vorbei. Hochzeit, sicher die Türken. Sind die Einzigen, die das hier noch machen.

Ich schließe die Augen und schlafe auf der Stelle ein.

Milan und ich bei der Esso. Er hält sich einen Benzinschlauch in den Mund und schluckt das Benzin. Ich schaue auf die Anzeige. Liter um Liter fließt in seinen Rachen. Irgendwann stoppt der Fluss, und Milan hängt den Schlauch zurück in die Halterung. ›Voll‹, sagt er und wischt sich über den Mund. Diesel?, will ich fragen, doch als ich den Mund öffne, ist meine Stimme weg. Milan geht drei Schritte zurück. Er ist ein bisschen größer geworden durch das Benzin. ›Super Plus‹, sagt er, dreht sich um und läuft davon.

Ich schnappe nach Luft, und Jenny lacht.

»Ich dachte schon, du bist von uns gegangen, du Regungsloser!«

Ihre kleinen Zähnchen blitzen.

»Hast du eigentlich noch Milchzähne?« Ich reibe mir die Augen und richte mich auf.

»Weiß nicht«, sagt sie, »wäre gut, wenn du das mal überprüfen würdest.«

Sie macht den Mund weit auf wie beim Zahnarzt, und ich stecke ihr die Zunge rein, fahre jeden einzelnen Zahn, an den ich rankomme, wie mit einem Pinsel ab.

»Ich glaub, ich muss bohren«, sage ich, und eine Flut heißer Atem strömt dabei in ihren Mund, bläht ihre Backen auf. Ich verschließe ihn fest mit meinem.

»So ein großes Loch«, sage ich in diese Höhle hinein, aber es ist nicht zu verstehen. Die Zungen sind Schalldämpfer!, denke ich und lasse mich fallen wie in einen großen Pool. Es riecht sogar nach Chlor!, denke ich, oder ist das Benzin? Mir wird schwindelig. Die Zungen umschlingen sich, weich und heiß und nass. Ich möchte etwas sagen, aber ich bin in diesen Kuss verwickelt. Ich möchte ganz viel sagen und höre meine Stimme sprechen. Ich höre sie deutlich. Fremd klingt sie, wie andere Menschen sie hören und man selbst, wenn man sie aufgenommen hat. Hör auf!, denke ich, so laut ich es in meinem Kopf kann, hör verdammt noch mal auf!, und weiß nicht, ob ich sie damit meine oder mich.

Ich ziehe meine Zunge aus Jennys Mund wie Kaugummi. Sie saugt sich an der Spitze fest, und ich drücke ihr Gesicht mit beiden Händen von mir weg, sodass sie nach hinten auf die Matratze fällt. Sie schaut mich an.

»Wo sind eigentlich deine Eltern?«

Jenny richtet sich auf, zieht sich einen Ohrring raus und sieht nicht so aus, als ob sie bald auf die Frage antworten möchte. Sie trägt immer diese riesigen Teile in Silber, Kreolen heißen die, glaub ich, und mit so kleinen Bimmeln dran. Ich will, dass sie die anbehält beim Vögeln, da komme ich mir noch pornomäßiger vor als wegen ihrer riesigen Glocken sowieso schon. Die wippen auch sehr schön dabei. Also beide. Glocken und Kreolen. Wegen der Bimmeln singe ich immer ›Kling, Glöckchen, Klingeling‹. Das bringt sie zum Lachen, und das mag ich. Finde ich echt schön, dabei zu lachen. Das geht nicht mit allen. Dazu sind die meisten Mädchen in dem Alter noch zu unsicher. Dass ihnen was wehtut oder so, davor haben die halt Angst. Sind ja auch Anfängerinnen. Manchmal, sehr, sehr selten, ist ein Naturtalent drunter wie Jenny. Der muss ich nix beibringen, die weiß wo oben und unten ist. Die schaut sich immer alles ganz genau an, versucht zu kapieren, wie was funktioniert. Blasen, Handarbeit, Stellungen. Jenny lernt, von sich aus. Hat ein natürliches Interesse. An Haaren vor allem. Die schaut sie sich besonders genau an, überall, an allen Stellen. Prüft, wie dick sie sind und wie reißfest. Haare mag sie wirklich gern. Manche aber lieber als andere. Die unter den Achseln am meisten: ›schön weich.‹ Da zieht sie mit ihren winzigen Zähnchen dran und klaut sich ein paar ›für meine Sammlung‹, wie sie sagt.

»Achselhaarsammlung, ohne Scheiß jetzt?«, hab ich sie beim ersten Mal gefragt und sie: »Logisch, aber nur von den Guten, den Bringern. Sei stolz, du bist einer.«

Hat ihre Beute in eine Streichholzschachtel bugsiert und mit nem rosa Filzstift LUIS drauf geschrieben und noch was daneben, was ich nicht sehen konnte, weil sie plötzlich ihre Hand davorgehalten hat.

»Was schreibst ’n?«, hab ich gefragt, und sie hat nur gegrinst, den Kopf geschüttelt.

Hab versucht, mir die Schachtel zu greifen, aber sie rannte kreischend durchs Zimmer, und ihre Titten hüpften auf und ab dabei wie zwei Flummis.

»Ne Zahl hab ich daneben geschrieben!«, rief sie lachend. Und ich: »Ne Zahl? Wieso das denn?« Dann dämmerte mir was.

Viermal haben wir bis jetzt gefickt, und immer hat sie sich danach eins meiner Achselhaare geschnappt, heute auch. Als ich nach der Schachtel greifen will, krabbelt sie aus dem Bett und stellt sich in sicherer Entfernung neben den Schrank. Vorsichtig legt sie das fünfte Haar in die Schachtel.

»Jetzt sag halt mal! Der Wievielte bin ich denn?«

Sie kriecht halb unters Bett, sodass ich ihren super Arsch aus nächster Nähe und mit ziemlichem Einblick betrachten kann. Ich bin vollkommen hingerissen, weil das mit Abstand der vollendetste Arsch ist, den ich in meiner bisherigen Arschlaufbahn zu Gesicht bekommen habe. Ich wünsche mir, dass er eine Karriere ohne Cellu hinlegt, dass er vielleicht Model wird, ein richtiger Modelarsch, male ich mir aus, so was gibt’s ja schließlich auch für Hände und Beine, hab ich mal gehört. Hand- und Beinmodels. Die verdienen richtig viel, und es ist scheißegal, ob der Rest vom Mensch total hässlich ist. Das könnte ich Jenny vorschlagen. Vielleicht werde ich ja ihr Arschmanager, und wir machen einen Haufen Geld zusammen.

Ich beuge mich über die Bettkante und schaue mir

meine Zukunftsinvestition noch mal ganz genau an. Ein gedehntes »Super« rutscht mir raus, was mir sofort leidtut, weil man den Mädels nix geben darf, was nach Kompliment riecht. Eiserne Regel von mir: keine Komplimente, nix preisgeben, nie auch nur ein Sterbenswörtchen über die Ausstattung der Girls verlieren, das macht sie nämlich noch wilder, mir zu gefallen.

Jenny kommt unterm Bett vor. Sie hat einen kleinen silbernen Schlüssel in der Hand und geht damit zu ihrem Schreibtisch. Sie schließt eine Schublade auf und legt die Streichholzschachtel vorsichtig hinein.

»Der Wievielte?«, rufe ich und jaule dabei auf wie ein Wolf. »Sag mir: Bist du eine Schlampe, Sonnenscheinchen?« Ich zeige mit dem Finger zur Decke und auf den Satz, der dort steht.

Jenny verschließt die Schublade und verschwindet wieder unterm Bett.

»So wie du?«, fragt sie von dort unten und wackelt herausfordernd mit dem Arsch. Ich schmelze für zwei Sekunden von ihr unbemerkt dahin, sie kommt hoch und sagt: »Ich wechsle das Schlüsselversteck täglich, vergiss es also.«

Sie grinst mich an mit ihren Zähnchen, so als wären sie extra für dieses Grinsen und für diesen Moment in ihrem Mund da aufgestellt worden, und sagt sehr freundlich: »Du darfst jetzt gehen, Luis. Dein Dienst ist für heute verrichtet. Ich danke dir. Das hast du sehr gut gemacht.«

Draußen riecht es nach Sommer. Ich rubbel mir mit beiden Händen über den Kopf. Frisch rasiert, das lieb ich.

Das Schaufenster vom Metzger Schatz zieht mich magisch an. Ist schon immer so gewesen. Als Kurzer hatte ich nur Würste im Kopf, bin hier jeden Tag vorbei. Aber mehr als Eingeschweißthausen aus'm Netto war nicht drin. Schmeckt ja auch, voll okay. Seit den Fickwetten sieht das anders aus. Einmal die Woche bin ich beim Schatz. Mindestens!

Drinnen ist alles dunkel, klebe mit der Stirn an der Scheibe. Die Wurstattrappen haben mehrere Zentimeter Staub angesetzt, ein Plastikschwein hat einen Kranz aus Plastikwürstchen um die Ohren gewickelt. Hier wird seit Jahren nicht umdekoriert. Aber die Landjäger, die Mortadella: L wie Legende!

Ich seufze. Scheiß Sonntag. Gehe rüber zum Kiosk: Cola und BiFis.

Marco hat einen Gitterabdruck im Gesicht, lässt sich neben mich fallen. Die Kirchenbank kracht.

»Seit wann bist 'n hier?«

Marco zuckt die Schultern, gähnt. Er streckt sich. »Du?«

»Grade gekommen.«

Die Coladose zischt beim Öffnen. Ich liebe das Geräusch, ich mag sowieso viele Geräusche. Bin Geräuschliebhaber, könnte man sagen.

»Magst eine?«

Er nickt. Ich zeige zum Boden. Auch seine Dose zischt, läuft über. Marco macht schnell die Beine breit, Colaschaum auf Marmor. Wir trinken.

In der Kirche ist es schön kühl, der erste heiße Tag. Ich lehne mich zurück, betrachte den Altar. Sitze immer ganz vorn, ist mein Stammplatz. Wenn ich hochschaue, kann ich fast direkt in die Kuppel sehen. Da fliegen die Engel drin rum und halten sich an den Händen. Voll gut gemalt sind die Engel. War bestimmt ein berühmter Maler, der die gemalt hat. Ich schaue mich um: Gott hat eh Geld. Hier ist alles aus Gold und Marmor, und überall gibt's diese dunkelroten Vorhänge. Die dicken, aus Samt die.

Wir sind oft hier. Außer Sonntagmorgen natürlich, da ist ja der Gottesdienst, und die drei Leute, die da hingehen, hängen mit ihren Gesangbüchern in den Kirchenbänken fest. Aber sonst ist die Kirche eigentlich immer leer, und der Typ, der aufpassen soll, dass hier keiner Scheiß macht, der passt nicht auf. Das letzte Mal, als ich ihn gesehen hab, hing er besoffen oben über den Rand von dieser Kanzel, wo sonst nur der Pfarrer draufdarf und seine Reden hält.

Marco hickst. Der hat oft Schluckauf, ich glaub, das ist bei fetten Leuten automatisch so. Ich schaue zu ihm rüber, zeige auf den Gitterabdruck.

»Warst du wieder beichten? Gibt doch gar nicht so viel bei dir.«

Marco sitzt gern im Beichtstuhl, gegen eins der Fensterchen gelehnt. Macht ein Nickerchen. Manchmal höre ich ihn schon draußen schnarchen.

»Wann kommen die anderen?« Marco gähnt wieder.

»Kommen gleich«, ich gurgele mit dem nächsten Schluck Cola. »Was hast du so gemacht heut?«

»Nix. Du?«

»Bisschen RF.«

Marcos eben noch müde Augen leuchten. »Mit wem?«

Ich grinse.

»Mann!« Er verzieht das Gesicht. »Jenny?«

Mein Nicken, und er knallt mit dem Kopf auf die Gesangbuchablage. »Mann«, sagt er wieder.

Ich klopfe ihm auf den Oberschenkel: »Ich weiß, Feder.«

Er lässt den Kopf auf der Ablage, dreht ihn zu mir rüber. »Ich find die gut.«

»Jeder findet Jenny gut.«

Marco richtet sich wieder auf, er schaut zum Altar.

»Nee«, sagt er leise, »richtig gut.«

»Verknallt-gut?«

»Keine Ahnung.«

»Echt?«

»Keine Ahnung!«

»Wenn du willst, kann ich dir mal ne gute Beschreibung machen vom RF mit ihr.«

»Echt?«

»Klar!«

Wir hängen in der Bank. Ich öffne die nächste Dose.

»Hast du schon abkassiert?«

Marco nickt. Die Kurzen müssen zahlen, ist schon immer so gewesen. Da musste ich, da mussten Marco, die Jungs, wir alle mussten da durch. Läuft aber friedlich ab, da mault keiner rum. Pro Kurzer bloß ein kleiner Betrag, hängt von der Höhe des Taschengelds ab, und auch nur von denen, die überhaupt welches bekommen. Fickwettenfinanzierung, ihr wisst schon. Pro Siedlung kommt dann aber was zusammen. Marco ist für die Hollinger zuständig, die Jungs machen die Uhland und unsere. Milan und ich sind seit nem halben Jahr durch Gewinne saniert und drehen hübsch Däumchen, wenn die anderen am Monatsanfang loseiern.

»Bester Umsatz wo?«, frage ich.

»Bei mir. Hab drei Neue eingeführt.«

»Taschengeldeinsteiger?«

»Genau.«

Ich proste Marco mit der Cola zu, haue ihm anerkennend auf die Schulter. Wir trinken stumm. Der Festgenagelte vorne überm Altar. Jesus, dieser Honk!

»Hat sich dein Dad eigentlich mal wieder blicken lassen?«

Marco nimmt einen großen Schluck, senkt den Blick und schaut zum Colaschaum zwischen seinen Füßen. Schwieriges Thema. Marco vermisst seinen Vater. Ziemlich. Der kommt nur ganz selten mal bei ihm und seiner kleinen Schwester vorbei. Hat sich ne neue Frau besorgt, kurz bevor er Marcos Mutter vor fünf Jahren verlassen hat, und mit der hat er dann zwei neue Marcos gemacht. Ohne Scheiß jetzt, der eine heißt Tatsache Marco. Aber mit K, also Marko, weil das der Lieblingsname von der neuen Frau war. Ist damals einfach weg, der Vater vom Marco und vom späteren Marko. Hat den Schlüssel auf den Küchentisch gelegt neben eine Schachtel Pralinen. Und wir reden hier nicht von Lindt! Das mit den Pralinen hat Marcos Mutter ziemlich ernst genommen. Sie hat von da an wahrscheinlich jeden Tag eine Schachtel Pralinen verdrückt, und Marco hat mitgemacht. Er sagt O-Ton: Weil sie ihm so leidgetan hat, und dass sie immer sagen würde, dass sie die Pralinen gebraucht hat, um sie in das Loch zu stopfen, das sein Vater in ihr Herz gemacht hat. Wenn ihr mich fragt, hat Marco die Pralinen aber für sein eigenes Loch gebraucht. Bis jetzt ist das noch nicht zugewachsen. Ist ja auch im Moment wieder ganz klar zu sehen, wie er dasitzt und auf den Colaschaum starrt, der mittlerweile eine Colapfütze ist. Nur einmal haben er und seine kleine Schwester ihre Brüder bis jetzt gesehen. Sie waren im Zoo oder beim Karstadt oder so was. Und das war wohl ziemlich scheiße und anstrengend. Weil: Jedes Mal, wenn der Vater Marco gerufen hat, wussten er und der Marko mit K, sein vierjähriger Halbbruder, immer nicht, wer gemeint war. Kann ich schon verstehen, dass man da ein Problem mit Pralinen nicht in den Griff bekommt.

Ich stoße ihn an, aber Marco antwortet nicht, stiert vor sich hin. Ich lasse es sein, das wird jetzt ein bisschen dauern.

»Willst du auch eine?«, sage ich und halte ihm eine BiFi hin.

Es kracht, als wir reinbeißen. Wurstduft breitet sich aus. Die Kirchentür ächzt. Wir drehen uns um.

»Kommt ihr?« Milan lehnt am Türpfosten, hinter ihm die Sonne. Er raucht. Ist ein schmaler, schwarzer, qualmender Schatten.

Wir gehen die Böschung entlang. Erst Milan, ich, Marco, dann die Jungs.

»Abstieg«, sagt Milan, und wir tippeln den Rasen runter. Am Sonntag gehen wir tagsüber oft zum Unsere-Biere-Trinken in ein Café unten am Fluss. Ist ein klassisches Wochenendlokal, wo sich die Leute riesige Tortenstücke reinpfeifen und Cappuccino trinken. Da sind immer Unmengen von hübschen Frauen, also Frauen, die keine Mädchen mehr sind und erwachsene Klamotten anhaben. Frauen mit Lippenstift, der an den Kaffeetassen kleben bleibt, die die Beine übereinanderschlagen und sich beim Reden mit einer Hand durch die langen Haare fahren. Die unerreichbar sind für uns. Denken sie! Weil sie glauben, wir sind noch Kinder. Ha!

Das Café liegt am Hang, hat zwei Terrassen auf verschiedenen Ebenen. Die obere Terrasse ist voll, auf der unteren ist noch ein Tisch frei. Die Möbel sind hell und beige und creme und die Tischdecken strahlend weiß. Sogar die Kellner müssen weiße Klamotten tragen, sehen eher aus wie Ärzte im Krankenhaus, nur dass sie auf ihren Tabletts nicht Kutteln, sondern Käsekuchen durch die Gegend tragen. Die sehen alle gut aus, haben strahlend weiße Zähne und sind blond. ›Voll das Hitler-Café‹, sagt Milan immer.

Ich bestelle ein großes Bier und lege eine Hand auf meinen Schwanz. Der Kellner, der uns bedient, ist neu und auf jeden Fall schwul. Seine Augenbrauen sind so schmal gezupft wie Jennys. Er guckt ein bisschen blöd, als wir die Bierbestellung aufgeben, um uns rum ist ja das reinste Kaffee-Besäufnis. Ich beuge mich vor. »Du bist süß«, flüstere ich ihm zu, und er schaut mich ungläubig an. Als die Jungs anfangen zu lachen, verdreht er die Augen und geht arschwackelnd zur Bar zurück.

Milan wirft mir einen Blick zu. Ich sehe mich um, checke die Lage. Am Tisch neben uns sitzt ein Knaller. Blonde Haare, unendlich schöne Haare, mit Strähnchen und so, die glänzen und bis zu den Titten runterfallen. Sie ist allein da, kein Kuchen, ein volles, sprudelndes Glas Cola vor sich. Light, tippe ich. Mädchen trinken in der Regel normal. Frauen nicht, die setzen schneller an. Das kommt von den erwachsenen Hormonen. Der Gezupfte stellt die Biere donnernd auf dem Tisch ab. In dem Moment steht sie auf, hat Beine, die länger sind, als meine noch werden können. Im Verhältnis zum Oberkörper sogar ein bisschen zu lang. Ich bekomme sofort Mitleid, weil ich ihr verhindertes Potenzial sehe, das ganze Geld, das sie hätte machen können mit zehn Zentimetern mehr zwischen Hals und Hüfte.

»Das ging schnell«, sage ich und beuge mich vor, fixiere Milan, während ich mein Bier auf einen Zug leer trinke. Milan guckt zu den Jungs und tippt mit dem Finger auf die Tischplatte. Während ich mich von meinem Stuhl aufschwinge und mir die Promille vom

Magen abwärts die Beine runterschießen, angeln die Jungs ihre Zehner aus den Taschen und platzieren sie genau dort, wo Milans Zeigefinger seinen Abdruck auf der Tischplatte hinterlassen hat. Milan und ich werfen jeder noch nen Zwanziger obendrauf, sind ja nur zu zweit im Team, unser Einsatz ist deshalb immer doppelt so hoch. Ich spüre die Blicke aller Lokal-Besucher auf mir, während ich zur Toilette gehe, und sie ölen mir die Glieder. Das Geklapper von Geschirr wird zum Rhythmus, zu dem ich meine Schritte setze. Der Geruch von Spiegeleiern und Würstchen vernebelt mir die Sinne wie Mas Parfum, das sie nur zu ganz besonderen Gelegenheiten draufsprüht. Wenn das hier eine Bühne ist, liefere ich einen Spitzenauftritt. Hingabe, Leute! Ihr wisst schon.

Vorm Damenklo erst mal tief durchatmen. Die Brust schwillt an. Ich stelle mir mich zehn Jahre später vor und die Muskelmasse, die ich bis dahin angeschafft habe. Ich stehe auf Bodybuilding. Man muss nur wissen, wann Schluss ist. Ab einem bestimmten Punkt sieht man nämlich nicht mehr stark, sondern hilflos aus. Sehr muskulöse Männer wirken auf mich immer wie echte Weicheier. Liegt an den Köpfen. Die sehen plötzlich so klein und verloren aus, die schwellen ja nicht mit an. Keine Muckis am Schädel. Und innendrin dann logischerweise auch nicht. Deshalb machen die sich ja den ganzen Stress. An manchen Tagen, wenn ich schwach drauf bin, werde ich heimlich total traurig, wenn mir ein Bodybuilder begegnet. Die wissen ja nicht, dass ich das alles über sie weiß, eben weil sie in der Birne keine Gewichte stemmen können.

Mit zwei Fingern drücke ich gegen die Schwingtür und linse rein. Keine Ladys da. Ich schiebe mich durch die Tür und schließe sie vorsichtig hinter mir. Nur ein Klo ist besetzt. Ich freue mich und höre ihren Strahl in die Schüssel plätschern. Mit Stoppern dazwischen und langem Aaströpfeln. Sie räuspert sich und murmelt etwas. Dann plötzlich furzt sie. Zweimal. Einmal leise und dann noch mal richtig laut. Sie denkt, dass sie allein ist. Ich grinse, beuge mich leicht nach hinten, ohne ihre Klotür aus den Augen zu lassen, und drehe einen der Hähne voll auf. Das Wasser schießt ins Becken und spritzt so sehr, dass meine Jeans am Arsch sofort komplett nass ist. Ich merke, dass mein Schwanz schon fast am Leben ist. Das Wasser läuft, es kracht richtiggehend. Ich starre die Tür an. Ich weiß, dass sie wartet. Sie wird dort sitzen bleiben, bis ich weg bin. Ich stelle mir vor, wie sie da hinter der Tür mit nem roten Kopf auf der Brille sitzt und den Atem anhält. Langsam drehe ich den Hahn ab. Schiebe mit der rechten Hand meinen Schwanz in der Jeans ein Stück zur Seite. Das spannt, er ist jetzt ganz am Leben, lasse die Hand dort und starre weiter zur Tür. Nichts passiert. Sie wartet immer noch. Mich wundert, dass keine reinkommt. Der Gedanke daran erhöht die Spannkraft. Durch die Schwingtür dringen gedämpfte Café-Geräusche, ansonsten absolute Stille hier bei uns. Ich starre geradeaus, mein Arsch wird langsam kalt, und ich stelle mir vor, dass ich große Runzeln dort kriege, so wie man sie an den Fingern bekommt, wenn man zu lange im Schwimmbecken geblieben ist. Ich bleibe regungslos stehen und warte. Ein paar endlos wirkende Minuten verstreichen, in denen ich mich mehr und mehr wundere, dass keine von den Damen da draußen ihren Cappuccino loswerden will. Plötzlich ein Geräusch: Sie schluckt. So laut, dass es eher ein Knacken ist. Dann wieder Stille. Ich höre, wie sie Atem holt, die Strumpfhose hochzieht und spült. Sie entriegelt die Tür. Als sie mich sieht, erschrickt sie und bleibt im Rahmen stehen. Wir starren einander an. Meine Hand liegt immer noch vorne auf der Jeans, aber vielleicht sieht das auch aus, als müsste ich mal ganz dringend.

Sie ringt um Fassung, fragt: »Du hast dich wohl verlaufen?«

Ich nehme die Hand weg, mein Schwanz drückt mit aller Kraft von innen gegen den harten Stoff.

»Nö«, sage ich leise und lächle. Ihre wunderschönen Haare hängen ihr über die Schultern. Sie weiß nicht, was sie machen soll.

»Ich bin keiner von diesen Schwimmbadperversen«, sage ich und dann lache ich richtig laut, aber sehr entschuldigend und so, dass man charmant dazu sagen könnte. »Du hast sauschöne Haare, wo hast du die her?«

Sie starrt mich an. Ich drehe mich um, strecke ihr meinen nassen Jeansarsch entgegen.

»Guck mal, was du mit mir machst.« Ich muss so laut lachen, dass ich mich fast verschlucke. »Ist aber nur Wasser«, ein mächtiger Lachanfall ist im Anmarsch, der meinen Schwanz langsam aber sicher abkratzen lässt, »und wieso kommt hier eigentlich keiner rein?«

Das Bier schlägt mit Karacho in meiner Blase auf. Ich öffne die Jeans, laufe zur freien Kabine neben ihrer und pisse bei offener Tür. Als ich fertig bin, lehne ich mich gegen die Seitenwand und schaue zum Spiegel. Regungslos steht sie da. Wir schauen uns an.

Ich lächle und sage: »Komm doch.«

Auf den Spiegel hat jemand mit Lippenstift ein großes Fragezeichen gemalt, das ihr jetzt direkt über dem Kopf schwebt. Aber nur aus meiner Perspektive. Ohne sich die Hände zu waschen, geht sie zur Schwingtür und raus.

Ich glotze mich im Spiegel an, zucke die Schultern, sage zu mir selbst: War klar, zu schwierig, beschissener Ort, schlechte Tageszeit. Verstaue den Toten und laufe beim Rausgehen einer Schwangeren in die Arme.

Milan ist sauer.

»Reg dich ab«, sage ich.

Er nimmt seinen Schein vom Tisch, knüllt ihn zusammen und schmeißt ihn in eins der halb leeren Biergläser der Jungs. Steht auf und rauscht raus.

Kann nicht immer klappen. Ist das Ziel, dass es immer klappt. Aber geht halt nicht. Eigentlich mag ich Rückschläge auch. Ab und zu mal einer ist okay. Dann hältst du es nicht für selbstverständlich. Dann weißt du wieder, wie gut du sein musst. Denn egal auf welches Niveau du dich schon hochgearbeitet hast, es geht ja immer noch weiter rauf. Und ich will der Beste sein. Der beste Trainer und die beste Mannschaft.

Später trabe ich Richtung Uhland. Dort angekommen, klingele ich bei Milan. Zweimal kurz, einmal lang heißt: Komm gleich runter, ich warte am beschissenen Spielplatz.

Ich sitze auf dem Wipppferdchen, als er um die Ecke biegt. Hab schon drei Kurze vertrieben, die auch auf das Pferdchen raufwollten. Einer hat angefangen zu heulen, aber da müssen die Kurzen durch. Irgendwann werden die dann auf dem Pferdchen sitzen und die Kings sein. So ist das nun mal! Ich hab mich auch auf mein Alter und meine Körpergröße und meine physische Präsenz hocharbeiten müssen.

»Gib mal Feuer«, sagt Milan und setzt sich auf eine Bank am Spielplatzrand. Das ist so ne Art Freundschaftssache zwischen Milan und mir, dass ich auch immer ein Feuerzeug in der Tasche hab. Für ihn halt, weil ich selber ja nicht rauche. Irgendwie bin ich da stolz drauf, obwohl ich gar nicht so genau sagen kann, warum eigentlich. Aber ich finde den ganzen Vorgang immer total schön, am meisten, wenn noch andere dabei sind und jeder sehen kann, wie close wir sind, Milan und ich. Ich glaub, dass das für ihn andersrum ähnlich ist, weil er mich auch fragt, wenn er eigentlich selbst eins dabeihat.

Ich fingere das Feuerzeug aus meiner Tasche und werfe es ihm rüber. Milan fängt es und zieht eine Zigarette hinterm Ohr vor. Er zündet sie an, und dann sitzen wir die Kippenlänge über einfach so da, ich wippe, er raucht, und schauen über den Platz, beobachten die Leute, die ihre Kinder am Arm hinter sich herzerren oder ihre Netto-Tüten über den Boden schleifen, was so aussieht, als wäre es das Gleiche.

»Nur Assis hier«, sagt Milan und schnipst die Kippe im hohen Bogen Richtung Sandkasten, wo sie direkt neben einem kleinen Mädchen landet. Hab sie eben schon beobachtet, schaufelt die ganze Zeit ein Förmchen mit Sand voll, kippt es aus, schaufelt es voll, kippt es wieder aus und so weiter. Ich freue mich, dass ich schon groß bin und ficken kann. Diese Sandförmchennummer hab ich irgendwie hinter mir gelassen. Ich schaue um mich, aber da ist niemand, sie ist allein da. Ich springe vom Pferdchen, um die glühende Kippe einzusammeln.

Milan ist manchmal, wie sagt man am besten dazu, genau: gedankenlos. Das hat was mit seiner Herkunft zu tun glaub ich, also mit seinem Ein-Pole-In-Deutschland-Sein-Problem, oder eben kurz EPIDSP. Da rutscht er so tief rein, dass er außer sich und dem EPIDSP nichts mehr sehen kann. Das passiert oft, wenn er raucht, weil sich dann glaub ich alles besonders dramatisch anfühlt für ihn, wie bei den Leuten in Filmen. Ich verstehe das irgendwie nicht, also sein EPIDSP. ›Bist halt jetzt hier‹, sage ich immer, ›und hier ist's vielleicht nicht so geil wie in Amerika oder so, aber ein bisschen geiler als in Polen doch irgendwie schon. Ich meine, klar, ich war noch nie da. Aber hattet ihr da zum Beispiel gute Gummis?‹ Das sage ich meistens, um ihn zu ärgern, weil, na klar haben die da gute Gummis, die gleichen wie bei uns, und die Pille auch, und generell muss in Polen niemand ein Kind kriegen, wenn er nicht will, weshalb unser Fickwettensystem dort auch funktionieren würde. Dann wird Milan meistens sauer, weil er denkt, ich kann da nicht mitreden, weil ich ein von oben bis unten echter Deutscher bin. Haare deutsch, Nasenscheidewand deutsch, Kutteln, Kniescheibe: alles deutsch. ›Du weißt nicht, wie das ist, wenn man was wirklich vermisst‹, sagt Milan oft. Aber das stimmt nicht, da weiß er dann mal was nicht. Das weiß ich nämlich schon, wie das ist, aber ich sage es ihm nicht, weil ich ihm sein Problem nicht wegnehmen will. Weil, irgendwie, fragt mich nicht wieso, würde mir auch was fehlen, wenn Milan nicht mehr der Milan wäre, der sich hier manchmal fremd fühlt.

»Morgen ist der große Tag«, sage ich und hänge schräg auf dem Pferdchen.

Milan schaut zu mir rüber, sieht mich fragend an.

»DER ERSTE FREIBADTAG!« Ich dehne die Wörter. »Hast du deinen Badeanzug noch nicht rausgelegt, Milena?«

Er hat sich eine neue Kippe angemacht und stößt den Rauch aus auf diese Milan-Art, die keiner nachmachen kann, auch wenn die Jungs es immer versuchen. Ich schaue ihn an, wie er so dasitzt. Diese unfassbare Lässigkeit, mit der er raucht, als gäbe es nichts weiter zu tun auf der Welt, als sich ne Kippe anzuzünden und sie bis auf den verfickten Filter runterzurauchen.

Manchmal, und ich kann euch echt nicht sagen warum, kommt es mir so vor, als kennen wir uns schon seit Ewigkeiten. Als wären wir schon immer befreundet. Ich hab deshalb keine Erinnerungen ohne Milan. Wenn ich mich in meinen Erinnerungen umdrehe, auch in denen, wo er gar nicht dabei gewesen sein kann, steht Milan immer hinter mir und schaut mich an. Er strahlt dabei eine unendliche Ruhe aus, die auch mich ruhig sein lässt. Milans Ruhe. Die hab ich immer bewundert und mich in ihren Windschatten gehängt, und weil die meisten Leute dumm sind, hat bis jetzt keiner was gemerkt. Dass ich Milan brauche, wissen nur er und ich. Und Gott, klar. Aber mit Gott bin ich eigentlich genauso close wie mit Milan.

Ich würde alles für ihn machen, im Ernst. Bis auf Mord oder so was. Ohne Scheiß jetzt, ich würde wirklich alles für Milan machen.

Er nimmt seinen letzten Zug. Ich reite mein Pferdchen und schaue dabei in den Himmel, Gottes Wohnung, der geile blaue Stall. Die Sonne strahlt, und ich nicke ihr anerkennend zu.

»Wollen wir noch zur Esso?« Ich gucke über Milan weg. Die Fensterscheiben der Siedlung sind grelle Quadrate, sehen aus, als hätte die Sonne sie in Brand gesetzt. Milan steht auf. Er streicht sich über die Oberschenkel.

»Können wir machen«, sagt er.

Er steht ein bisschen unschlüssig am Spielplatzrand und gräbt einen Schuh in den Sand.

»Luis«, sagt er und räuspert sich.

»Milan, mein Freund«, ich wippe wild auf meinem Pferdchen hin und her, »sei nicht mehr sauer. Ich werd unsere Kohle von vorhin schon wieder reinreiten, keine Sorge.«

Milan gräbt den Schuh tiefer in den Sand, so tief, bis er ganz drin verschwindet. Das EPIDSP ist immer noch voll da.

»Milan, komm, das krieg ich hin. Und für die Jungs ist es motivationstechnisch auch gut, dass sie zwischendrin mal gewinnen.« Aber er sieht mich nur fragend an, als wüsste er nicht, wovon ich rede. Dann zieht er den Schuh aus dem Sand.

»Ich muss los«, sagt er plötzlich.

»Was? Und die Esso?«

»Ich muss was erledigen.« Ohne sich noch mal umzudrehen, geht er davon. Ich hänge auf meinem Pferdchen, fasse es nicht.

»Milan«, brülle ich ihm hinterher. Er biegt um die Ecke und ist weg.

Am nächsten Kiosk kaufe ich sechs Bierdosen und lasse mir vom Kioskbesitzer eine Plastiktüte geben. »Ich bin aber kein beschissener Penner«, sage ich ihm ins Gesicht, »dafür bin ich noch viel zu jung!«

Ich greife in die Tüte und angele mir eine Dose raus. Mit nur einer Hand öffne ich sie und komme mir extrem locker dabei vor. Ich hab regelmäßig diese Coolheitsanfälle, wenn ich alleine unterwegs bin. Dann stelle ich mir vor, dass alle Leute, die mir begegnen, mich irgendwie beobachten. Das macht mich wahnsinnig lässig, und ich segle nur so durch die Straßen. Das heißt Rampensau, glaub ich, wenn man mag, dass einem Leute zusehen, egal bei was. Ich mag das definitiv, laufe dann zur Höchstform auf. Wie gesagt, auch wenn ich mir nur vorstelle, dass ich angeguckt werde. Hat die gleiche Wirkung, macht die Glieder genauso geschmeidig.

Hab auf die Esso geschissen und bin zurück zum Fluss, sitze schon ne ganze Weile oben am Hang. Das Lokal leuchtet hell wie ein Raumschiff. Die Kuchenvitrine ist leer, auf den Tischen stehen Sektflaschen in Kühlkübeln. Mal ganz schön, einfach drauf runterschauen zu können, keinen Einsatz hier zu haben. Klappt dort ja sowieso meistens nicht. Aber deswegen bleiben Milan und ich auch dran. Ohne Druck. ›Vom Druck wird dein Schwanz impotent‹, sagt er oft.

Ich schaue mich um. Sonntagabendstimmung. Viele Leute auf der Wiese, Girls ohne Ende. Aber immer mit Typ oder in Fünfer-, Sechser-Gruppen. Das klappt nicht. Was schade ist, denn manchmal mache ich nen Einsatz auch ohne Einsatz. Einfach nur für mich. Ist Training. Marco und die Jungs wissen das auch. Buchen das aber unter regulärem Ficken ab. Hätten die auch gerne, RF. ›Wird schon‹, sage ich immer und klopfe auf Marcos Bäuchlein. Fickwetten und RF darf man aber nicht durcheinanderbringen. Ich erklär das mal kurz. Bei den FW muss vorher immer angekündigt werden, dass es sich um FW handelt. Sonst könnte ich ja nach jedem

RF sagen: War ne FW, Kohle her! Nee, so leer stehen die Stuben der Jungs auch wieder nicht. Das RF kann ich zwar genauso vorher ankündigen, muss es aber nicht. Meistens mach ich's aber trotzdem, weil das für Respekt sorgt. FW und RF halten sich in etwa die Waage. Zumindest denken die Jungs das. So viel RF hab ich gar nicht. Muss ja keiner wissen.

Ich zerdrücke die letzte Dose zwischen den Händen. Ein kleines Blech-Paket, das ich zu den anderen fünf in die Plastiktüte stecke. Liegen lassen kommt nicht infrage. Wir räumen auf, immer. Hat Jablonski uns eingetrichtert. ›Umwelt ist wichtig‹, sagt er, ›das ist eure Mutter!‹

Ich stehe auf, meine Hose ist feucht vom Gras und klebt am Hintern. Ich schnappe mir die Tüte und gehe los. Zu Hause sind alle Lichter aus. Mas Anorakplatz an der Garderobe ist leer.

Der erste Freibadtag ist immer der komplizierteste. Denn unser Plan ist: Eine Marke setzen für den Rest der Saison. Wenn wir den ersten Freibadtag verhauen, verhauen wir die ganze Saison. So ist das. Und das will keiner! Eine schlechte Saison ist ne ganz üble Sache. Jeder, der das mal erlebt hat, versucht alles, damit es nie wieder passiert. Denn die Saison ist lang, und eine schlechte kann dir wie hundert Jahre vorkommen. Da beginnt dann jeder Freibadtag mit dem Wissen, dass es eigentlich nur noch bergab gehen kann. Und es ist scheißegal, ob du dir drei Eis hintereinander reinknallst, ob du so viele Girls oben in der Umkleide fingerst wie noch nie: Das miese Gefühl, dass aus der Saison nix mehr werden wird, geht davon nicht weg. Da musst du dann mit leben. Nicht, dass ich das nicht hinkriegen würde, damit zu leben. Ich kann mit allem leben, auch mit den schlechten, den üblen Sachen, dafür sorgt ja der Plan. Aber das heißt nicht, dass ich was gegen gute, gegen positive Sachen hab. Überhaupt nicht, mir sind die insgeheim lieber. Der Trainer wünscht sich das anders, ich weiß. Der will, dass ich alle Situationen gleich gern hab, die guten und die schlechten. Aber ich nehme ja trotzdem alle ernst. Das ist es, was zählt. Das sieht der Trainer ein und winkt mich durch.

Am ersten Freibadtag sind immer alle extrem nervös. Ich nicht, weil ich's mir abtrainiert hab. Das ging leider nicht so schnell, wie ich gehofft hatte, denn im Vergleich zu anderen Trainingssituationen kam mir die mit dem NSAEFBT, Nervössein-Am-Ersten-Freibadtag, leicht vor. Passiert manchmal, dass du dich im Trainingslevel verschätzt. Meistens warnt der Trainer schon von Anfang an, dass du die Situation nicht auf die leichte Schulter nehmen sollst. Denn, und so ist es mir ja zuerst auch mit dem NSAEFBT gegangen: dass du dich vertust, eine Sache falsch einschätzt, ist einfach drin. Dann muss dich der Trainer neu motivieren, weil du deine Kräfte falsch berechnet und eingesetzt hast, und das ist ne Geschichte, auf die der Trainer nicht kann: *Ne Extra-Schicht, da kotz ich*, sagt er, und dann kotzt er in dich rein. Ein ganzer Kotzschwall kommt aus seinem Trainermund herausgeschossen und kotzt dir alle deine Kutteln voll. Ein scheiß Gefühl ist das, wenn du innen drin komplett vollgekotzt bist, das kann ich euch sagen. Als es das erste Mal passiert ist, weiß gar nicht mehr bei was, dachte ich: Das willst du nie wieder, Luis! Es ist dann doch noch ein paarmal passiert. Nicht oft! Nicht, dass ihr jetzt denkt, es ist oft passiert. Ein paar wenige Male. So wenige Male, dass ich mich schon fast nicht mehr dran erinnern kann.

Die Tasche mit Mas und meinen Badesachen hängt über meiner Schulter, als ich die Treppen runtertrabe. Fünfzehn Stockwerke sind ne Ansage. Aber ich nehme nie den Aufzug. Runter nicht und rauf natürlich auch nicht. Seit ich elf bin nicht mehr. Mit elf bist du schon fast groß. Elfsein, das klingt ja auch ganz anders als Zehnsein. Elfsein ist der Einstieg, ab da rollst du knallhart auf die zwanzig zu, da kannst du dich nicht mehr vom Aufzug hochzuckeln lassen wie ein Baby. Runter geht, klar, aber geht auch nur halb. Nach zehn Stockwerken bekommst du schon das Gefühl, das hört nie wieder auf. Rauf ist hart, ne real anstrengende Sache. Da brauchst du erstens Eier und zweitens Disziplin. Das macht nicht unbedingt Spaß, gebe ich zu. Ab dem achten, neunten Stockwerk rum macht es sogar das Gegenteil von Spaß. Aber dann tippt mir der Trainer auf die Schulter und erinnert mich daran, dass ich dafür sorgen muss, dass mir auch die scheiß Sachen Spaß machen, und dass ich mir, wenn ich das nicht hinkriege, die Magenschleimhaut mit so ner Einstellung weglöte. Hab ich im Fernsehen gesehen, ist ne gesicherte Tatsache. Gesunde Magenschleimhaut ist schön rosa und sieht aus wie eine Mischung aus Calamares und den Falten auf der Stirn von diesen kleinen Hunden mit der platt gedrückten Nase, die, die immer so röcheln. Weich sieht das aus und knuddelig und fast ein bisschen zum Reinbeißen. So will ich, dass es in mir drin aussieht. Weil Magendurchbruch, das ist übel, ne ganz schlimme Aktion, da kannst du richtig offiziell dran sterben. Und sterben, das will ich schon ganz lange nicht mehr.

Ich pfeife deshalb das Treppenhaus in Grund und Boden, von der ersten bis zur letzten Stufe, und als ich unten ankomme, spüre ich meine Trainer-Tattoo-Schwingen schon jetzt unterm T-Shirt.

Der Schatz steht selbst hinterm Tresen.

»Wie immer?«, sagt er, ohne eine Miene zu verziehen, und ich nicke. Mit seinem riesigen Fleischermesser angelt er zwei Landjäger aus der Vitrine, wickelt sie in Folie und schiebt sie in die Tüte. Hinter ihm baumeln die Salami an der Stange. Der Schatz ist selbst der größte Fleischberg in seinem Laden: Da kann Marco nicht mit.

Ich zahle. Die Mortadella und ich wechseln noch einen Blick, dann mache ich die Biege.

Beim Afro-Shop klopfe ich einmal an die Scheibe. Ma dreht sich um, sie lehnt an der Wand neben dem Regal mit den Glätteisen. Ich halte die Badetasche hoch, und sie nickt mir zu.

Über der Eingangstür hängt ein Band mit vielen kleinen Glöckchen, die gleich losbimmeln, wenn jemand reinkommt. Ich mache ein kleines Tänzchen zum Gebimmele und alle lachen. Bobby, der Shop-Besitzer, Dreads bis zu den Knien, massiert Adil die kurz geschorene Birne. Adil ist Bosnier, Brecher. Melli und Koro, Mas Freundinnen, warum auch immer, sitzen in zwei Friseurstühlen und schminken sich. Melli ist hübsch, Koro geht gar nicht. Melli, 25 oder so, hat Haare bis zum Arsch und Lippen, die groß und voll und saftig sind, aussehen, als hätte sich wer ernsthaft Mühe mit ihnen gegeben. Wenn ich da zu lange draufgucke, kommt es in der Boxershortsregion zu Spannungen. Melli wäre fällig, keine Frage, aber Mas Freundinnen sind tabu. Es gab verschiedene Versuche der Jungs in diese Richtung, fickwettentechnisch. Mellis Lippen sorgen nämlich auch in ihren Shorts stark für Betrieb, aber Milan und ich sind uns einig. Er hat manchmal Angst, dass alles den Bach runtergeht, dass ich abhebe. Aber ich weiß Bescheid, man muss aufpassen, dass man am Boden bleibt. Was Milan nicht weiß: Sollten Ma und Melli sich mal ernsthaft streiten, darf ich. Hab ich mit mir selber ausgemacht. So schnell kann keiner gucken, wie ich mit dem Ständer vorneweg bei ihr bin.

»Ma«, sage ich, »ich hab alles eingepackt. Wollen wir?« Ich schwenke die Tasche in der Luft. Koro dreht sich mit dem Friseurstuhl um und sieht noch beschissener aus als sonst. Melli hat sich ihre versauten Lippen knallrot angemalt, sie zwinkert mir über den Spiegel zu.

»Gut«, sagt Ma und stößt sich von der Wand ab.

»Kommt ihr auch mit?« Ich gucke in den Melli-Spiegel.

»Ich hab keinen Bikini dabei«, antwortet sie.

»Für mich okay.« Ich zeige ihr meine Lücke.

Mas warnender Pfiff bringt die Glöckchen über der Tür zum Bimmeln.

Die Sonne brennt. Bestimmt dreißig Grad müssen das sein, und das am ersten Freibadtag! Ich bin wahnsinnig zufrieden. Wir gehen die Hauptstraße runter. Bobby hat den Laden dichtgemacht, er schlendert mit Koro vorneweg. Adil hinter ihnen redet ohne Pause auf Bobby ein, er gestikuliert wild. Sein Nacken ist dick und rot und schwitzig. Der hat immer Stress wegen irgendwas, der braucht das. Ich sag nur Magenschleimhaut, aber davon will er nix wissen, hab ich schon probiert.

Ich trage Ma ein Stück auf dem Rücken. Als ich sie absetze, springt Melli auf. Ein paar Meter weiter werfe ich sie ab. Auch eigentlich leichte Mädchen sind irgendwann voll schwer. Bei der Uhland angekommen, klingele ich. Wir warten unter dem Baum gegenüber der Eingangstür im Schatten, bis Milan runterkommt. Melli und Koro lehnen mit den Hintern am Stamm, Bobby gießt ihnen abwechselnd Cola in die offenen Münder, und Ma sitzt am Boden. Nur Adil steht allein in der Sonne und dampft vor Wut.

»Wartet«, sagt Milan in unsere Richtung, als er die Tür aufstößt. Er schleift einen blauen Müllsack hinter sich her und wuchtet ihn in die Tonne neben dem Eingang. Kommt zu uns rüber, trägt ein langärmeliges T-Shirt und lange Hosen. Milan scheut die Sonne. ›Ich bin ein Porzellanpüppchen‹, sagt er immer. Er hat Angst vor Hautkrebs, weil sein Vater dran gestorben ist und sein Onkel auch. In der Regel geht er alle drei Monate zum Arzt zur Leberfleckenkontrolle. Die vielen Ärzte. Milan war schon bei jedem Hautarzt der Stadt ewig oft und wenn er bei keinem mehr nen Termin kriegt, nimmt er auch nen HNO. Er untersucht sich zusätzlich selbst, dauernd. ›Milan, du Fummler‹, sage ich immer, ›jetzt lass mal deine Flecken in Ruhe, die werden schon ganz feucht von dem vielen Begrabsche‹.

»Alles klar?« Ich grinse ihn an.

Milan kneift die Augen zusammen wegen der Sonne. Er nickt, holt die Vorgedrehte hinterm Ohr vor: »Hast du Feuer?«

Das Feuerzeug überschlägt sich einmal, als ich es ihm zuwerfe.

Adil pfeift. »Kommt jetzt!«, schreit er und stapft los.

Marco und die Jungs warten an der Kreuzung vor dem Bad. Das NSAEFBT hat für ne Reihe Grüner vor ihnen auf dem Asphalt und ohne Ende Kippenstummel gesorgt.

Ma und die anderen gehen vor und schon mal rein. Sie winkt mir zu, ich nicke. Da müssen die Jungs und ich immer allein durch. Kurz vorm Eingang will Marco mit ner Story anfangen, aber Milan bringt ihn mit einem Blick zum Schweigen. Storys sind am ersten Freibadtag streng verboten, Marco weiß das eigentlich, erst am ersten Freibadabend erlaubt, ab neun, um genau zu sein, da schließt das Bad. Generell ist ab neun wieder alles so wie immer, dann sind wir safe, können Mörderstorys ohne Ende raushauen, den größten Scheiß verzapfen, zählt alles nicht mehr. Wenn aber davor was Unerwartetes passiert, das wir nicht rechtzeitig wieder hinkriegen, nicht wieder hinbiegen können, haben wir die Marke in den Sand gesetzt. Dann können wir die Saison vergessen. Und zwar: für immer.

Beim Eingang läuft alles glatt. Jeder hat sein abgezähltes Eintrittsgeld mit, Rausgeld darf keiner kriegen. Das Drehkreuz läuft auch wie am Schnürchen, niemand bleibt mit der Badeshorts hängen, keiner von den Kurzen drängelt sich vor.

Wir marschieren am Kiosk vorbei, an der Frittenbude und am Restaurant. Die ersten Saufköpfe sitzen da schon seit um acht Uhr morgens. Jablonski hebt seine Halbe zum Gruß in die Höhe. »Später«, rufe ich, und er nickt.

Auf unserem Stammplatz zwischen großem Becken und Rutschbecken liegen vier Typen auf Handtüchern.

Die Jungs werden nervös. »Ruhig«, murmele ich. Sieht nach Gymnasium aus, also kein Problem. Milan und ich bauen uns vor ihnen auf.

»Sittich«, sage ich und starre den Größten von ihnen an. Der blinzelt im Sonnenlicht und hält sich eine Hand über die Augen.

»Wie bitte?«, sagt er und richtet sich auf.

»Bitte gibt's nicht. Aber ich sag's gern noch mal: Sittich!«

»Sit-tich?« Der Große betont extra deutlich.

Milan neben mir räuspert sich. Ich beuge mich vor, stütze die Hände auf die Knie und starre den Großen an. Sehr langsam sage ich: »Nen Sittich sollt ihr machen, Hohlbirne!« Ein kurzer, spitzer Pfiff durch die Lücke, und da steht auch schon Adil neben mir. Ich lege einen Arm um seine Schultern und grinse. Mit Adil gibt es selten Verständnisprobleme: Die Boys verziehen sich.

»Gute Reise«, rufe ich ihnen hinterher und deute mit der Hand Richtung Babybecken, »da findet ihr doch bestimmt noch 'n schönes Plätzchen.«

Wir breiten unsere Handtücher aus. Marco geht los. Mein Pfiff, und er dreht sich noch mal um.

»Ich geh schon rein«, ruft er und trottet zum großen Becken.

Ich packe die Landjäger aus, Ma will ihren nicht. Melli und Koro sitzen in Unterwäsche im Gras, was bei Koro ein Problem und bei Melli keins ist. Bobby cremt Ma den Rücken ein, Adil sitzt komplett angezogen auf einer Bank neben den Duschen. Ich werfe Milan, der gerade sein Handtuch unter den Baum zieht, den Landjäger rüber, meiner ist schon weg, schaue noch mal in die Runde, bis ich sehr zufrieden nach hinten kippe. Mittagsschlaf, du kannst mich haben.

Etwas Kaltes auf der Brust, ich öffne die Augen. Melli steht über mir. Die nassen Haare tropfen. Sie grinst, die Sonne im Rücken, schöne Kombi. Ich blinzle, richte mich auf.

»Komm schon«, sagt sie und streckt eine Hand nach mir aus. Ihr neongrüner BH ist durchsichtig geworden im Wasser, ich muss nicht überlegen.

Beim Fußbecken drückt sie auf den Duschknopf und schiebt mich unter den Strahl. Das Wasser ist kalt, eiskalt. Ich öffne den Mund, trinke davon. Schnappe sie, ziehe sie unter die Dusche und presse sie an mich. Sie kreischt, kaltes Wasser prallt auf ihren Kopf. Ich greife mit einer Hand in ihre Unterhose und halte sie auf, lasse sie volllaufen, bis Melli mich wegschubst, davonrennt.

Alle sind im Becken außer Adil. Der lehnt, noch immer in voller Montur, an einer Mauer und beobachtet eine Gruppe Mädchen, die mit den Beinen im Wasser am Rand sitzen und quatschen. Ma versucht gerade Milans Kopf unterzutauchen. Koro hat ihre Arme um Bobbys Hals geschlungen und lacht laut, als er ihr Wasser aus dem Mund ins Gesicht spuckt.

Ich sehe die Gymnasium-Jungs von vorhin. Sie schwimmen kurz hinter dem Ein-Meter-Brett im Kreis. Ich laufe zum Brett, schiebe zwei kleine Mädchen zur Seite, nehme Anlauf und lande mit einer schönen Arschbombe zwischen den Jungs. Die schwimmen schnell weg. »Mongos!«, rufe ich ihnen hinterher und paddele rüber zu den anderen.

»Bobby«, sage ich, als ich da bin, und zeige mit einer Hand Richtung Dreier. »Dieses Jahr klappt's!«

Er taucht schnell unter, und alle lachen. Bobby ist HA-Kollege. Ich halte mich mit einer Hand am Rand fest, strample mit den Beinen unter Wasser.

»Wo ist Marco?«

Milan zeigt hinter mich, und ich drehe mich um. Ein paar Meter entfernt steht Marco am Beckenrand und schiebt seinen Fuß in der Überlaufrinne hin und her. Er war schon immer der, der das NSAEFBT am wenigsten im Griff hatte. Ich glaube aber, dass bei ihm noch dazukommt, dass er fett ist. Fette Leute gehen weniger gern ins Schwimmbad als dünne und halbdünne Leute. Sie haben Angst, dass alles schwabbelt, wenn sie über den voll besetzten Liegerasen gehen, und sie haben Angst, dass sie eine Arschbombenaufforderung von irgendwem bekommen. Denn obwohl fette Leute ja die besten Arschbomben der Welt hinlegen, würden sie am liebsten nur so 'n kleines Spritzerchen fabrizieren und nicht dafür sorgen, dass die komplette erste Reihe am Beckenrand triefend nass wird. Da sitzen nämlich die hübschen Mädchen und die wollen zwar alle vollspritzen, aber nicht so, nicht auf die Fünfzig-Liter-Art. Die sitzen den ganzen Tag auf den Steinbänken, auf denen aus Beton, die die aussehen wie die Haut im Gesicht vom Jablonski oder wie der Boden, den es auf dem Mond gibt: voller kleiner Krater. Wenn die Mädchen eine Weile draufgesessen haben, sind der ganze Po und die Oberschenkel übersät mit diesen Mini-Kratern, ›Mondbeine‹ sagen wir dazu. Das sieht nicht so gut und ein bisschen wie Cellu aus. Und es gibt ja auch Mädchen, die schon Cellu haben, da kann es, wenn man nicht ganz genau hinschaut, schon mal zu Verwechslungen kommen. Aber meistens sind das die Dicken oder die Ex-Dicken, die in dem Alter schon Cellu haben, und die haben sowieso kein oder nur sehr wenig Selbstbewusstsein. Die sitzen deshalb nicht in der ersten Reihe, die sitzen auch nicht in der zweiten, die stehen höchstens in den Ecken vom Hallenbad rum und gucken aus dem Fenster. Nur Rentner, Dicke und Ex-Dicke gehen im Sommer ins Hallenbad. Und alle, wir und die auch, wissen: Es gibt die, die in der dunklen Halle hinter der Scheibe stehen und rausglotzen, und es gibt uns, die draußen sind und in der Sonne.

Die Brühe ist pisswarm, ich stemme mich aus dem Wasser und setze mich an den Rand, schaue zu Marco. Er lässt die Arme hängen und sieht zum Hallenbad rüber. Ich weiß, dass er am liebsten auf der anderen Seite der Scheibe wäre. Es kommt aber nicht infrage, dass Marco ins Hallenbad geht. Dort kann er von mir aus den ganzen Winter abhängen, bis ihm Schwimmhäute zwischen den Eiern wachsen. Im Sommer sind er und sein fetter Arsch hier draußen bei uns. Er ist freiwillig fett, er muss das hinbekommen. Der Liegerasen, die Arschbomben, die erste Reihe: Das ist sein Training. Marco weiß nicht, dass mein Trainer ihn mittrainiert. Nett ist das von meinem Trainer, arschnett. Am Anfang war ich noch eifersüchtig, weil ich Angst hatte, dass Marco mir Trainingseinheiten klaut. Mittlerweile weiß ich: Ich kann froh sein. Froh deswegen, weil Marco so viel falsch macht. Denn das, was er falsch macht, kann ich von Anfang an richtig machen.

»Marco!«

Als ich neben mir auf den Boden klopfe, spritzt es. »Komm schon.«

Er macht ein paar Schritte auf mich zu und geht langsam in die Knie. Seine Beine schnellen ins Wasser, als er sich schließlich neben mich fallen lässt.

»Na?« Ich reibe seinen Oberschenkel. »Du warst ja noch gar nicht drin. Willste nicht? Bisschen Bewegung tut dir gut, Feder.« Seine Haut ist ziemlich weich für Jungshaut. »Geschmeidig, Marco, also ich muss schon sagen, geschmeidig.«

Ich rubbele weiter seinen Schenkel.

»Hör auf!«

Er rutscht ein Stück zur Seite.

»Jetzt entspann dich mal 'n bisschen. Läuft doch alles super bis jetzt.«

Er nickt und schaut hoch zum Dreier. Bobby steht mit geschlossenen Augen ganz vorne an der Kante.

»Guck mal. Der traut sich wieder nicht«, sage ich.

Bobbys Dreads sind offen. Meistens schlingt er eine im Nacken um den Rest und hält sie so zusammen. Jetzt hängen sie ihm links und rechts über die Schultern, sehen aus wie die Beine von ner riesigen toten Spinne.

»Bei uns hat sich heute morgen einer runtergehauen.«

Ich schaue blitzschnell zu Marco: »Hey!«, sage ich scharf.

»Ist keine Story, echt nicht.«

Ich runzele die Stirn.

»War jünger als wir. Zwölf oder so.«

»Ausländer?«

»Nee.«

»Einer von den Bewohnern?«

»Ja.«

Marco hält die Hände ins Wasser.

»Hast du's gesehen?«

»Hmhm«, er lächelt, »der war noch nicht ganz kaputt, als der Rettungswagen kam. Ganz viel Blut, ganz viel Geschrei.«

Seine Augen leuchten. Marco steht ein bisschen drauf, wenn anderen Leuten schlimmes Zeug passiert. Ist okay. Ich schwenke wieder hoch zum Dreier. Hinter Bobby hat sich mittlerweile eine Traube tropfender Kinder gebildet, die auf der Treppe und hinten am Sprungbrett stehen und ihn anschreien, er soll endlich springen.

»Meinst du, der hatte schon mal?«

»Wer?«

»Na, der Typ, der sich runtergehauen hat.«

»Was meinst du?« Ich schaue zu Marco. »Gefickt?«

Er nickt. »War ja erst zwölf.«

»Bestimmt nicht!«

»Zu jung?«

»Nee.«

»Warum dann?«

»Na, weil: Wenn er schon mal gefickt hätte, hätte er's nicht gemacht.«

Ich gucke wieder zum Dreier. Der Bademeister ist gerade dabei, die Kinder von der Treppe zu heben. Ich klatsche in die Hände.

»BOBBY!«, rufe ich.

»Warum?«, fragt Marco noch mal.

Bobby öffnet die Augen und schaut zu mir. Ich wedele mit den Armen und zeige Richtung Bademeister, der jetzt die Leiter hochsteigt. Bobby macht die Augen wieder zu, und ich lasse die Arme sinken.

»Warum?«, sagt Marco wieder.

Ich schaue ihn an.

»Na, ab dem Moment, wo du das erste Mal gefickt hast, willst du's immer wieder. Kannst du nicht wissen, Feder, aber du willst es wirklich immer wieder. Und wenn du tot bist, kannst du logischerweise nicht mehr ficken. So dumm ist ja wohl keiner.« Ich klatsche noch mal, aber Bobby reagiert nicht.

»So dumm ist nur einer, der noch nie gefickt hat«, sage ich und schaue wieder zu Marco. Der sieht geradeaus aufs Wasser und schiebt die Hände unter seinen Bauch.

Der Bademeister schmettert los: »SIE DA! BITTE VERLASSEN SIE DEN SPRUNGTURM, WENN SIE NICHT SPRINGEN!« Er steht zwischen den Kindern am Ende des Sprungbretts.

»Was glaubst du, warum er's gemacht hat?«, fragt Marco.

»Der Typ? Keine Ahnung.«

»WENN SIE NICHT SOFORT SPRINGEN, HOLE ICH SIE JETZT DA WEG!«

»Bobby«, rufe ich lachend, »jetzt spring schon, du Mädchen.«

»Wolltest du's früher auch manchmal machen? Dich umbringen? Also, ich meine, vor dem ersten Mal Ficken?«

Ich schaue weiter zu Bobby und dem Bademeister. »Klar. Ist total normal, dass man das will, wenn man noch nie hat.«

»ZUM LETZTEN MAL, SPRINGEN SIE!«

Inzwischen sind die meisten Leute an den Rand geschwommen. Alle schauen zu Bobby, manche feuern ihn an.

»Echt?«

»Was?«

»Das ist normal?«

Blick zu Marco: »Klar. Total.«

»Ach so.« Er sieht ziemlich erleichtert aus.

»Wieso?«

»Ich glaub, dann sollte ich vielleicht auch bald mal.«

Ein Platschen, Jubelschreie. Ich gucke hoch zum Dreier, aber da steht nur noch der Bademeister vorne am Rand und schaut runter aufs Wasser, dorthin, wo Bobby schäumend untergegangen ist. Als Bobby wieder auftaucht, johlt das ganze Becken. Ich stimme mit ein, haue Marco einmal auf den Rücken und lasse mich ins Wasser fallen.

Rufe. Ich öffne die Augen. Marco am Rand der Liegewiese. Er winkt mit beiden Armen. Hinter ihm die Jungs, die aufeinander einreden. Ich blinzle, Marco hat die Sonne im Rücken. Langsam richte ich meinen Oberkörper auf. »Milan«, sage ich, und er hebt sofort den Kopf. Er hat geschlafen, Badetuchrunzeln auf einer Backe. Ich mache eine Bewegung mit der Hand Richtung Marco. Wir springen gleichzeitig auf.

Jablonskis Kopf ist ein roter Hammer. Die Adern puckern am Hals und an den Schläfen. Seine Lippen sind ganz spitz und lila. Er schreit, schreit so, wie ich ihn noch nie hab schreien hören. Sieht nicht mehr wie er selber aus, als hätte ihn jemand angemalt und aufgepumpt. Er reibt die Hände an der Hose auf und ab, sodass sie immer wieder hochrutscht, man seine Beine sieht: sehnig, dürr und mit Krampfadern. Die Terrasse vom Restaurant hat sich gefüllt, manche sind direkt aus dem Becken nebenan gestiegen und stehen in Pfützen. Jablonski gegenüber zwei Typen, die ich noch nie gesehen hab. Um die dreißig, Schleimhaare, Fitnessstudiobizeps, Schnösel. Beide mit engen Badeshorts, solche, die sonst nur die Schwulen anhaben, weil sich die Größe der Bälle millimetergenau abzeichnet.

»HIER KOMMT IHR HER SOGAR? GEBT MIR SCHEISS BIERE AUS?«

Jablonski greift vor sich auf den Tisch, dort steht eine fast volle Halbe. Die Männer sprechen durcheinander, heben besänftigend die Hände. Ich fasse Jablonski an einer Schulter, rede ruhig auf ihn ein. Milan, auf der anderen Seite, macht dasselbe.

»DA, HABT IHR!«

Jablonski schwappt das Bier in Richtung der Männer. Der eine kann sich noch wegdrehen, dem anderen klatscht es voll ins Gesicht. Er plustert sich auf, aber sein Kollege hält ihn am Arm fest: »Jetzt beruhigen wir uns alle mal!«, sagt er.

»Die wollen mich besoffen machen. Kommen hier her … Ich geb's euch nicht … Ist meins … Könnt ihr vergessen … Gibt genug Siedlungen … Ich lass mich nicht erpressen von euch verdamm–«

Ein Gurgeln in der Kehle bringt ihn zum Schweigen. Jablonski atmet schnell, räuspert sich, und aus dem Räuspern wird ein lautes Husten. Eins, das sogar noch lauter ist als sein Gebrüll von eben. Er stemmt sich gegen unsere Griffe und hustet den Schnöseln entgegen, hustet und hustet. Spucke wird dabei aus seinem Mund geschleudert, und Schleim auch, ganze Batzen von dunkelgrünem Schleim sind das, die auf den kahl rasierten Oberkörpern der Männer landen.

»HAUT AB!« Jablonskis Stimme ist jetzt ganz rau.

Ich mache ein paar Schritte auf die beiden zu, sage: »Ihr solltet euch jetzt wirklich ganz schnell verpissen.«

Der eine schnappt sich sein Handtuch, das über einem Stuhl hängt, und reißt den anderen am Arm. Aber der bleibt stehen, spannt seine voll geschleimte Brust, die Mundwinkel zucken. Mit einer blitzschnellen Bewegung greift sich Milan eine Colaflasche vom Tisch. Er schlägt sie gegen die Kante. Es klirrt, Scherben spritzen durch die Luft, ein Kind fängt an zu heulen. Er richtet sie auf die Typen.

»Verzieht euch«, sagt er ruhig.

Der eine zerrt den anderen mit sich, langsam weichen sie zurück. Jablonski atmet heftig und rasselnd, stiert ihnen hinterher. Milans Mund wieder dicht an seinem Ohr. Leise spricht er weiter auf ihn ein, bis die Typen nicht mehr zu sehen sind, Jablonski ruhiger wird. Die Leute ziehen einer nach dem anderen ab, und ich winke der Kellnerin, die im Innern des Restaurants verschwindet, kurz darauf mit einer vollen Halben wieder rauskommt und sie mir in die Hand drückt.

»Hier«, ich halte sie Jablonski hin.

Er nimmt drei große Schlucke, dann reißt er das Glas in die Luft und lässt einen gellenden Schrei los. Er dreht sich zu uns um, lacht ein wildes Lachen und läuft los. Die schwappende Halbe in der Hand, läuft er über den Weg und durch die kleinen Büsche zum großen Becken hin, hüpft auf einen der Startblöcke und springt. Milan wirft mir einen Blick zu, und ich sprinte hinterher, komme gerade am Beckenrand an, als Jablonskis Arm wieder durch die Wasseroberfläche schnellt, die Halbe bis zum Rand gefüllt: Bier mit Chlor.

Wir treiben im Wasser, reichen uns das Glas abwechselnd rüber, Jablonski zieht sein nasses Hemd aus und schleudert es zum Beckenrand. Er schwafelt über eben.

Die Köpfe von Marco und den Jungs schieben sich über den Büschen Richtung Liegerasen zurück. Milans ein paar Schritte hinter ihnen. Er bleibt kurz stehen, sucht mit seinem Blick das Becken ab. Als er mich sieht, winke ich ihm zu, deute mit ausgestrecktem Arm auf Jablonski, der, vor sich hin paddelnd, weiterschwafelt. Milan nickt und macht eine Bewegung mit der Hand, die bedeuten soll: bleib bei ihm. Dann hebt er den ganzen Arm über seinen Kopf und zeigt Richtung Liegerasen. Ich strecke einen Daumen in die Luft und proste ihm mit der Chlorbierhalben zu. Milans gnädiges Lächeln, dann schiebt sich auch sein Kopf davon.

»Sauschweine!«, sagt Jablonski, und ich nicke rülpsend.

»Komm. Genieß die Sonne, vergiss die Typen.«

Er grummelt leise, lehnt den Kopf zum Dösen an den Beckenrand. Ich sehe Melli weiter hinten und winke ihr zu, bis sie grinsend rüberschwimmt. Ein großer Schluck Chlorbier landet als Begrüßungsgeschenk in ihrem Gesicht. Sie kreischt und taucht unter. »Ey«, sagt sie beim Auftauchen und kneift mir in den Arm. Ich versuche sie zu schnappen, aber sie schwimmt lachend ein paar Meter davon, kommt zurück und bleibt mit dem Mund unter Wasser. Sie blubbert. Meine Stube empfängt das Bier, kurz wird mir schummrig, und ich tauche unter, öffne die Augen. Mellis Neon-BH leuchtet im Wasser wie diese Fische, die es nur im ganz großen Meer gibt, und da greife ich zu, was gut geht, denn ihre Hüften sind ein klitzekleines bisschen speckig. Ich ziehe sie unter Wasser, sie wehrt sich nur einen kurzen Moment, lässt sich von mir rumdrehen und zum Rand schieben. Eine Zunge für

Melli. Ihre Lippen sind weich wie Marshmallows. Wir kommen gemeinsam hoch.

»Guck!«, sagt sie und deutet hinter mich.

Ich drehe mich um. Mas Kopf treibt schnell über die Büsche dem Ausgang zu. Ich schiebe Melli sofort von mir weg.

»Scheiße! Hat sie uns gesehen?«

Melli zuckt die Schultern.

»MA!«, rufe ich ihrem Kopf hinterher. Dreimal rufe ich, lauter werdend, aber sie hört mich nicht. Melli hängt an meinem Arm.

»Lass los!«

Sie kichert.

»Jetzt hör halt auf, verdammte Scheiße«, sage ich und schüttele sie ab, schwinge ein Bein in die Überlaufrinne, ziehe mich hoch. Beim Sprung über einen der Startblöcke stolpere ich und knicke um. Eine Horde Kurzer versperrt mir den Weg, humpelnd schubse ich sie zur Seite und zwänge mich durch die Büsche. Ma, komplett angezogen, ist schon beim Ausgang. Sie wirbelt durch das Drehkreuz. Ich rufe noch mal, wieder hört sie nicht.

Vorne sitzt der dünne Richy hinterm Tresen: 70 Kilos auf zwei Meter verteilt.

»Kann ich kurz raus?« Ich bin außer Atem.

Richys hohlwangiges Gesicht hinter der Scheibe. Er drückt einen Knopf, spricht durch das kleine Mikrofon. »Klar. Wenn du dein Ticket dabeihast.«

Ich triefe. »Wo denn?«, sage ich und haue mit den Händen auf meine klitschnassen Shorts.

»Na, dann tut's mir leid.« Richy verschränkt die Arme und lehnt sich in seinen Stuhl.

»MA!«, schreie ich noch mal und schaue ihr nach. Sie schlängelt sich durch die parkenden Autos, schlägt im Vorbeigehen ihr Handtuch mit voller Kraft auf eine Motorhaube, auf dem Rücken ein nasser Fleck von ihren Haaren. Letzter Blick zu Richy, der grinst genüsslich.

»Wichser«, sage ich und laufe zurück zum Becken.

»Na-na-na!«, ruft er mir hinterher.

»Hat sie uns gesehen?« Ich bleibe draußen stehen.

Melli schwimmt zum Rand und greift nach meinem rechten Fuß. »Wer?«

»Wer wohl!« Ich ziehe den Fuß weg.

»Ist sie gegangen?«

»Ja, Mann. Scheiße.«

»Ich glaub, die hat uns nicht gesehen.«

»Und wenn doch?«

Melli verdreht die Augen. »Dann hat sie's halt gesehen.«

»Spinnst du? Das gibt voll Ärger, du bist tabu.«

»Ich bin was?«

»Ach, egal! Lass uns zum Platz zurück.«

Melli klettert raus. Jablonski lehnt mit dem Kopf am Beckenrand, hat die Augen geschlossen und döst. Das leere Glas treibt vor ihm im Wasser.

»Jablonski, kommst du mit?«, sage ich.

Er öffnet ein Auge, dann legt er sich im Wasser auf den Rücken.

»Bleibst du hier?«

Er nickt.

»Mach keinen Scheiß, okay?«

»Okay, Lulu«, flötet er, ohne die Augen zu öffnen.

Kurz vorm Fußbecken drehe ich mich noch mal um. Um ihn rum wimmeln Kinder, spritzen sich voll. Ich zögere. Jablonski ist einer, um den ich mir immer ein bisschen Sorgen mache.

»Was soll 'n das heißen, ich bin tabu?«, fragt Melli.

»Nix. Vergiss es.«

Wir gehen zurück zu unserem Platz. Die Jungs liegen aufeinander, rangeln um eine Chipstüte. Marco sitzt auf meinem Handtuch. Ich schicke von Weitem einen spitzen Pfiff in seine Richtung, und er rutscht sofort runter und auf den Rasen.

»Hast du kein eigenes dabei, oder wie?«

Ich bleibe vor ihm stehen. Er stiert ins Gras.

»Hast du dein Badetuch vergessen? Am ersten Freibadtag?«

Marco stiert weiter.

»BIST DU VÖLLIG BEKLOPPT?«

Ich bücke mich, krame in der Badetasche und ziehe ein Handtuch raus. Ich halte es ihm hin.

Er zögert, und ich nicke ihm zu. Als er danach greift, hole ich aus und haue ihm damit auf die Hand. Die Jungs lachen, ich steige mit ein. Unschlüssig steht Marco da.

»Jetzt nimm schon, du Honk!«

Werfe es ihm zu. Ist ein kleines, sein Arsch passt gerade so drauf.

Milan lehnt am Baum. Ich schaue zu ihm rüber. »Ist ja noch mal gut gegangen mit Jablonski.«

Er nickt und schaut zu Koro, Bobby und Adil, die ein paar Meter weiter auf einer Bank in der Nähe sitzen. Adil redet auf Bobby ein, während Koro Bobbys Oberschenkel massiert, ab und an in eine Tüte greift, Colaschlangen rausholt und sie Bobby und sich abwechselnd in die geöffneten Münder fädelt.

»Worum geht's?«, sage ich.

Milan zuckt die Schultern: »Adil will bei Bobby im Laden einsteigen.«

»Was?«

»Keine Ahnung.«

»Als FRISEUR?«

Melli neben mir prustet.

»Was weiß ich. Braucht nen Job. Aufenthaltsgenehmigung oder so.«

»Aha.«

Ich greife rüber und schnappe mir die Chipstüte, um die sich die Jungs immer noch streiten. Der Jungsberg bricht zusammen. Ich schüttele den Kopf: »Ihr Mongos!«

Es knuspert bei jedem Biss.

»Wo ist Jablonski?«, fragt Milan.

»Im Wasser.«

»Allein?«

»Nee, mit drei Millionen anderen Leuten. Machst du dir Sorgen?«

Milans scharfer Blick. Ich schaue schnell weg.

»Ich mach mir nie Sorgen«, sagt er ruhig.

Ich nicke, schiebe mir eine Handvoll Chips rein. Beim nächsten Satz gibt's Chipskrümelregen für Marco: »Wie viel haben wir jetzt eigentlich schon geschafft?« Ich schaue um mich. »Hat wer ne Uhr?«

Keiner reagiert.

»Marco?« Marco zuckt zusammen. »Lauf mal vor zum Kiosk und schau nach.«

Er sieht zu Milan, der nickt ihm knapp zu. Marco zögert, will nicht, schaut über den Rasen Richtung Kiosk. Genau: nächste Trainingseinheit! Er hievt sich langsam hoch, das Bauchfett schwabbelt. Marco hat Cellu, obwohl er ein Junge ist. Übel sieht das aus, richtig übel. Er bückt sich noch mal, will nach seinem T-Shirt greifen, aber ich strecke blitzschnell mein Bein aus und stelle einen Fuß drauf.

Ich lächle: »Husch, husch, Feder!«

Langsam trottet er los. Von hinten sieht er sogar noch fetter aus als von vorn. Hab mich schon immer gefragt, warum das so ist. Melli rutscht nah an mich ran, ihre Schenkel berühren meinen Arm.

»Ich geh noch mal rein!« Milan zieht sich sein Longsleeve über den Kopf.

Er geht ein paar Schritte bis an den Rand des Schattens, den der Baum auf das Gras geworfen hat. Einen kurzen Moment steht er unschlüssig da. Dann hebt er einen Fuß, der zwei, drei Sekunden in der Luft schwebt, bevor er ihn auf den sonnenbeschienenen Rasen setzt und lossprintet.

Ich liege in der Sonne. Einer der Jungs stößt mich an, deutet zum Weg. Ich richte mich auf.

»Jenny«, rufe ich, »Jenny!«

Sie dreht sich um, dabei fliegen ihre Haare im Wind, voll schön sieht das aus. Als sie mich sieht, lächelt sie, kommt auf uns zu. Rike aus unserer Parallelklasse neben ihr. Ist ihre beste Freundin, glaub ich, krass flachbrüstig und flachärschig, irgendwie das Gegenstück zu Jenny, Plus-Minus oder so. Jennys Bikini ist gelb und weiß gleichzeitig, frisch eingecremt hat sie sich: Sie glänzt in der Sonne wie eine polierte Nektarine. Ich schiebe Melli aus meinem Blickfeld.

Jenny geht über den Rasen. Es ist das Gegenteil von Marcos Überdenrasengehen. Obwohl es natürlich schon Gemeinsamkeiten gibt: Bei beiden schauen alle Leute hin, weil Fleisch in Bewegung ist. Jennys Titten schwingen im Bikini-Oberteil hin und her, und ich weiß, dass jeder Typ, der seinen badeshortverpackten Arsch auf dieser Wiese geparkt hat, sich wünscht, dass sie sich beim Bikini-Kauf vertan und in der Umkleide ganz aus Versehen die falsche, also die kleinere Größe gegriffen hat, und dass es sich deshalb nur um wenige Sekunden handeln kann, bis eine von ihren Titten raushüpft und uns allen Guten Tag sagt.

»Guten Tag, Luis.«

Jenny dehnt die Worte. Ihre Beine ragen vor mir in den Himmel. Die Unterschenkel sind dicht bewachsen mit feinen blonden Härchen. Sie schaut zu mir runter. Grinst. Mein Zeigefinger glänzt fettig in der Sonne, als ich damit auf ihre Beine deute: »Rasierst du die nicht? Ist mir noch gar nicht aufgefallen.«

»Nö«, sagt Jenny und schlenkert mit den Armen, »wir beide nicht!«

Rike kommt neben sie, und sie strecken mir jeweils ein Bein hin, kichern. Rikes Härchen sind ganz dunkel und lang, fast wie bei mir.

»Sagt mal«, sage ich und drehe beide zur Seite, »habt ihr etwa Mondbeine?«

Kleine Krater überall auf Jennys und Rikes Oberschenkeln.

»Wääääähhh«, rufen die Jungs.

»Na-na-na, aber immer noch schöner als das hier, oder?«

Ich beuge mich rüber, packe Melli an den Hüften und werfe sie mit einem Ruck auf den Bauch. Mit zwei Fingern presse ich Haut am Oberschenkel zusammen. Dellen sind zu sehen.

»WÄÄÄÄÄÄÄÄÄÄHHHHHHH«, rufen die Jungs.

Sie haut mich, kämpft sich frei. Stößt mir ihren Ellenbogen in die Seite und springt auf.

»Ach komm, Melli. War doch nur Spaß!«, rufe ich ihr hinterher. Sie dreht sich im Laufen um, zeigt mir grinsend ihren Mittelfinger.

Einer der Jungs ist gerade dabei, sich die Chipstüte zu angeln, ich gebe ihm einen Klaps auf die Hand: »Na!«, greife mit beiden Händen rein und stopfe mir eine große Portion in den Mund.

»Wo liegt ihr denn?« Knusper.

»Hinten«, sagt Jenny und macht eine Kopfbewegung zu den Privatkabinen hin.

»Bei den Schwuchteln?«

»Hmhm.«

»Und warum?«

»Warum nicht?«

»Ist der Bikini neu?«

»Ja, wieso?«

»Soll der da hinten bei denen durchrutschen?«

»Hä?«

»Wie teuer war der denn?«

»14,99.«

»H&M?«

»Du kennst dich ja aus.«

»14,99 von wie viel Taschengeld?«

»Fünfzig.«

»Fünfzig? Sind deine Eltern reich, oder was?«

»Das Geld ist von meiner Oma.«

»Ist deine Oma reich?«

»Null.«

»Deine null reiche Oma gibt dir fünfzig von ihrer Rente ab, und du legst dich da hinten zu den Blinden?« Ich feuere eine Riesenladung Chips Richtung Jenny. »Jungs«, ich mache eine Bewegung mit der Hand, »holt mal die Sachen von den beiden.«

Ich deute auf Rike: »Du gehst mit und zeigst ihnen, wo.«

In diesem Moment kommt Marco zurück. Er geht langsam, um die Massen in Schach zu halten. Es funktioniert minuseinhundert. Ich halte Rike am Bein fest, gebe den Jungs ein Zeichen, dass sie dableiben sollen: öffentliches Training, so sieht's aus!

»Und?«

»Halb drei«, antwortet Marco.

»Wieso hat 'n das so lange gedauert?«

»Warum?«

»Na, du warst jetzt bestimmt ne Viertelstunde weg?«

»Ach so, ich war noch auf'm Klo.«

Marco schaut auf seine Zehen.

»Die Klos sind doch bei den Umkleiden. Hab dich gar nicht gesehen, wie du zu den Umkleiden gegangen bist.«

Er pult mit den Zehen im Gras.

»War ich ja auch nicht.«

»Ich denke, du warst auf'm Klo?«

»Ich war draußen.«

»Wie, du warst draußen?«

Marco klopft mit seinem Fuß das Gras platt.

»Na, draußen. Vorm Eingang. Ich musste plötzlich so dringend, und da bin ich schnell raus und hab auf'm Parkplatz hinter nen VW gepisst.«

Ich verschränke die Arme vor der Brust.

»Du bist zum Pissen auf 'n Parkplatz raus?«

»Ja, ich hab gedacht, dass ich hinten sicher lange anstehen muss.«

»Und dann bist du raus?«

»Ja.«

»Durchs Drehkreuz?«

»Ja, klar.«

»Und das Hintern-VW-Pissen hat ne Viertelstunde gedauert?«

»Nee. Als ich wieder reinwollte, war da ne Schlange.«

»Zeig mal dein Tagesticket.«

»Wieso?«

»Na, das musst du doch dabeigehabt haben, wenn du raus bist aus'm Bad und dann wieder rein. Wo hast du das denn hingesteckt?« Ich zeige auf seine Shorts: »Taschen seh ich keine. Oder hast du's dir zwischen die Eier geklemmt?«

»Die hat sich mich gemerkt.«

»Was?«

»Ich hab ihr gesagt, ich geh nur ganz kurz raus.«

»Wem?« Ich ziehe die Augenbrauen hoch und beuge mich vor. »Wer sitzt 'n vorn?«

»Wieso?«

»Als wir rein sind, saß der dünne Richy vorn.«

Marco zögert. »Ja, stimmt.«

»Und eben saß er auch noch da.«

Er fährt sich durch die Haare, sucht mit den Augen das Gras nach einer Antwort ab.

»Schichtwechsel«, murmelt er.

»Was?«

Noch leiser: »Da war wohl Schichtwechsel.«

»Aha. Wie viel Uhr haben wir, hast du gesagt?«

Marco fährt sich wieder durch die Haare.

»Halb … drei.«

»Halb drei?«

»Ja, Mann!«

»Aber Marco, wenn wir jetzt, wie du sagst, halb drei haben, dann müsste ja eigentlich immer noch der dünne Richy vorne am Tresen sitzen.« Marco fingert nervös am Bund seiner Shorts rum. »Denn Schichtwechsel ist ja erst um drei.«

Er steht ganz still, starrt wieder auf seine Zehen.

»Der ist doch um drei, oder?« Ich gucke zu den Jungs, und die nicken gleichzeitig. Toll, wenn das Training so flutscht.

»Keine Ahnung.« Marco stampft einmal leicht mit dem Fuß auf die sowieso schon platte Stelle im Gras. »Der war nicht da grade, der Richy … vielleicht musste er früher weg oder …«

Er holt tief Luft, sieht aus, als ob er noch was sagen will, macht den Mund aber wieder zu.

»Ach so«, sage ich, »das kann natürlich sein.« Ich mache eine Pause. »Stimmt. So wird's sein. Der Richy musste früher weg. Kann ja mal vorkommen.«

Ich lehne mich zurück und betrachte wieder Jennys Beine. Sie und Rike schauen abwechselnd zwischen Marco und mir hin und her.

»Feder«, sage ich, »ich glaub, du warst gar nicht draußen.«

Marco guckt von seinen Füßen hoch und mich an.

»Doch«, sagt er tonlos.

»Nee, warst du nicht. Du hast dir am Kiosk noch 'n Bum Bum reingeknallt.«

Marco beißt sich auf die Lippen.

Ich lächle ein bisschen. »Oder?«

Er kaut auf seiner Oberlippe, schiebt seine Zähne drüber, wieder und wieder.

»Ich hab …«, sagt er und bricht ab.

»Oder nicht?«

Er nickt.

»Heißt das Ja?«

Marco nickt noch mal.

»HEISST DAS JA?« Der Trainer spricht jetzt jeden Satz von mir mit.

»Ja«, sagt er leise.

»Pass mal auf«, ich hole tief Luft, »von mir aus kannst du dich so lange damit vollstopfen, bis du aussiehst wie der Schatz. Aber wenn du noch mal am ersten Freibadtag mit so ner Anfängerstory ankommst, dann reiß ich dir den Arsch auf, bis dir die Bum Bums hinten geschmolzen wieder rauslaufen. Capice?«

»Capice«, sagt Marco.

Ich gebe Jenny einen kleinen Klaps auf den Po.

»Was ist los?« Milans Stimme.

Drehe mich um. Er steht klatschnass auf dem Rasen. Seine zu langen Haare kleben ihm vorn an der Stirn. Melli, genauso triefend, hinter ihm.

»Nix, alles wieder okay«, sage ich, stehe auf und klopfe Marco auf die Schulter.

Milan nickt. Er läuft an mir vorbei zu Marco und fasst ihn am Arm. Als er loslässt, ist da ein dunkelroter Abdruck.

Milan schnappt sich sein Handtuch, seine Sachen. »Ich geh jetzt.«

»Was?«

»Ich geh jetzt«, sagt er wieder.

»Wohin?«

Er schaut mich an, seine Augen funkeln.

»REDE ICH POLNISCH?«

Er steigt, ohne sich abzutrocknen, in seine Hose, wendet sich um. Sein Oberkörper weiß glänzend in der Sonne wie Schnee. Die Hose klebt an den Beinen, als er, das Longsleeve über den Rasen schleifend, schnell Richtung Ausgang läuft.

»Selbst schuld«, sagt Melli hinter mir.

Ich drehe mich um und lande direkt in ihrem fetten Grinsen.

Ich laufe schnell am Fluss entlang, sehe ihn schon von Weitem. Er steht leicht gebückt an unserem Platz, raucht, das Glimmen der Kippe im Halbdunkel. Es dämmert, und ich werfe einen verächtlichen Blick Richtung Himmel. Auf der Freibaduhr war's halb neun, als ich los bin. Wird knapp. Milan trägt die Basecap, die ich ihm letztes Jahr geschenkt habe. Die hatte er noch nie auf! Ich gehe auf ihn zu, winke kurz. Als er mich sieht, schnipst er die Kippe weg und richtet sich auf. Milan sieht anders aus, irgendwie rot. Er hat Backen wie ein polierter Weihnachtsapfel!, denke ich.

»Da bin ich.« Ich bleibe in sicherer Entfernung stehen, bin außer Atem.

»Hat der Kurze dir Bescheid gesagt?«, fragt Milan.

»Sonst wär ich jetzt nicht hier, oder?« Ich versuche ein Grinsen.

Milan starrt auf den Boden, hat die Hände in den Jackentaschen und malt mit dem Schuh Kreise ins Gras. Er trägt seine Hose auf links! Öffnet den Mund und schließt ihn wieder. Ich warte und starre auf seine Hose, die offen steht. Milan fingert nervös in den Taschen seiner Jacke rum, eine Zigarettenschachtel kommt zum Vorschein.

»Kein Tabak«, frage ich und grinse noch mal, »was 'n da los?«

Milan zündet sich eine an. Er macht tiefe Züge, einen nach dem anderen, ohne den Rauch rauszulassen. Ich gucke wieder auf seine offene Hose, die Boxershorts schaut zur Hälfte raus.

»Milan«, frage ich vorsichtig, »was is 'n?«

»Ich rauche«, sagt Milan, und Rauch quillt dabei aus seinem Mund. Er starrt mich an.

»Warst du zu Hause?« Ich zeige auf die Basecap.

Keine Antwort.

»Is wieder was mit deiner Mutter?«

Den nächsten Zug atmet er tief ein. Als er den Rauch ausstößt, klingt das wie ein Stöhnen.

»Hey«, ich berühre mit der Hand seine Schulter, »ist alles okay?«

»Meine Mutter kotzt nach dem Frühstück.« Milans Lippen pressen den Filter zusammen, als er an der Kippe zieht. Er schaut mich herausfordernd an. »Ich halte ihr die Badezimmertür auf und stelle das Geschirr in die Spüle. Fülle Wasser in ein Glas, warte vor der Klotür, bis sie rauskommt. Jeden Morgen.«

Er nickt mir zu. »Sie trinkt kleine Schlucke. Ich zwinge sie auszutrinken, manchmal klirrt es, wenn ihre Zähne dabei gegen das Glas stoßen. Dann geht sie ins Schlafzimmer.« Er fährt sich mit einer Hand grob durch die Haare. »Nach der Schule muss ich die Fenster öffnen, ›du stinkst, Mutter!‹ sagen, ihr eine Schale Müsli hinstellen, die sie drinbehalten wird, weil ich ihr eine Hand auf den Mund presse, verstehst du?«

Ich nicke schnell.

»Morgens darf sie alles rauskotzen. Mittags nicht und abends auch nicht. Einmal die Woche, meistens samstags oder sonntags, presse ich ihr die Hand auch nach dem Frühstück auf den Mund. Sie spricht dann den Rest des Tages nicht mehr mit mir.«

Er schaut mich an: »Das ist mit meiner Mutter!«

Milan zieht an der Kippe, noch mal und noch mal.

»Okay«, sage ich leise.

»Genau«, sagt er.

»Das wusste ich nicht.«

»Jetzt weißt du's. Aber darum geht's nicht.«

»Ach so.«

»Darum geht's nicht.«

Ich schaue auf den Boden: »Tut mir leid wegen Melli, sie hat's dir erzählt, ich weiß. Aber war nur 'n Kuss. Mit Zunge, okay, aber unter Wasser. Unterwasserkuss zählt nicht, oder?«

»Was?« Er starrt mich an.

»Tut mir echt leid, kommt nicht mehr vor. Melli ist tabu, ich weiß.«

»Scheiß auf Melli, darum geht's nicht.«

Milan inhaliert, lässt den Rauch durch die Nase raus.

»Ach so. Worum dann?«

Milan antwortet nicht. Auch beim nächsten Zug strömt der Rauch durch seine Nasenlöcher. Ich stütze die Arme unschlüssig in die Seiten.

»Du siehst aus wie so 'n beschissener Vulkan«, sage ich und muss losprusten.

»Wir ficken«, sagt er in mein Prusten hinein.

Die Zigarette ist mittlerweile ganz heiß geraucht und glüht rot zwischen seinen Fingern.

»Was?«

»Wir ficken.«

»Wer? Du und Melli?«

Er antwortet nicht.

»Oder deine Mutter und du?« Ich muss schon wieder losprusten. »Pass mal auf«, sage ich und mache eine Bewegung mit dem Kopf zur Zigarette hin.

Milan reagiert nicht und starrt mich mit zugekniffenen Augen weiter an. Ich schüttele den Kopf: »Jetzt pass doch mal auf, du verbrennst dich doch.«

Ohne mich aus den Augen zu lassen, hebt er die Kippe zum Mund und zieht so lange daran, bis die Glut seine Haut erreicht. Es zischt ganz leise, als er die Hand wieder senkt. Ich glotze ihn fassungslos an.

»Sag mal, spinnst du?« Mit einer schnellen Bewegung schlage ich ihm die Zigarette aus der Hand.

»Susanne«, sagt Milan, und es klingt, als ob er sich eine fremde Stimme dafür ausgeliehen hat.

»Susanne?«

Das leise Rascheln der Uferbäume im Wind.

Ich starre ihn an. »Welche Susanne?«

Milans Augen verengen sich.

»Welche Susanne?«, sage ich lauter und höre, wie meine Stimme seltsam brüchig wird. Wie Stimmbruch oder wie wenn man was verschluckt hat.

Ich starre Milan an, seine Backen glühen rot. Die glühen ja!, denke ich und: Die sind bestimmt schön warm! Ich verspüre ein starkes Verlangen, sie zu berühren, ich denke: Ich bin der Trainer!, und habe das große Bedürfnis, den Arm nach Milans Backen auszustrecken. Dann merke ich, wie der Trainer meine linke Körperhälfte lahmlegt. Schlaganfall!, denke ich und: viel zu jung, kann nicht sein! Die ganze Kraft verlagert sich von links nach rechts. Seltsam muss das aussehen. Dann ballt sich meine Faust, ich hole aus, und Milan schlägt mir mitten ins Gesicht.

Seit ich denken kann, ist das so gewesen. Der Schnellere. Die Millisekunde, die entscheidende. Das passiert im Kopf. Bin der Fehlstarter im Verhältnis. Immer gewesen. Und es ist nicht so, dass ich es ihm nicht gegönnt hätte. War immer stolz auf ihn, ohne Scheiß jetzt. Nur manchmal hat es mich gestört, wenn Mädchen im Spiel waren, kluge Mädchen, welche, die man mit Worten kriegen muss, die zuhören, wenn man was sagt, die antworten können und widersprechen. Da hat er zugeschnappt wie so 'n Hai. ›Hi Milan‹, rufe ich ihm immer zu, wenn er so drauf ist, und er rollt mit den Augen, Milan der Hai, mein bester Freund.

Als ich wieder zu mir komme, ist es dunkel. Mein Kopf fühlt sich an, als säße jemand drauf. Über mir die Sterne und ein sich bewegender Stern, der ein Flugzeug ist und abwechselnd weiß und rot aufleuchtet. Ich folge dem Flugzeug mit den Augen, bis es hinter Baumwipfeln dumpf abtaucht. Ein Geräusch von links lässt mich den Kopf heben: Milan sitzt auf einem unwirklich großen Stein am Ufer. Er raucht und schnipst die Zigarette weg. Ich lasse den Kopf wieder sinken und versuche, mich auf einen einzelnen Stern über mir zu konzentrieren.

Damals, als ich klein war, hab ich mir immer ausgemalt, wie es wäre, im All zu verschwinden. Mit Astronautenanzug und allem Pipapo. Ich hab die Bilder der Mondlandung im Fernsehen gesehen und wie die Astronauten über den weißen Kratern schwebten. Ohne Scheiß jetzt: Hab nicht verstanden, warum die zurückgekommen waren. Das sah so viel cooler aus da oben als bei uns. Und diese Schwerelosigkeit, also: Hammer. Zum Geburtstag hab ich mir die Videokassette mit der Mondlandung drauf gewünscht, mit Interviews der Astronauten und so weiter. Aus einem alten Farbeimer hab ich mir einen Helm gebaut. Ich schnitt ein Loch rein und klebte von innen Klarsichtfolie drüber. Zog meinen Schneeanzug an und wickelte mir Klopapier um Arme und Beine, wofür ich jedes Mal mindestens drei Rollen brauchte. Ich setzte den Eimer falschrum auf den Kopf und jaulte wie ein Wolf laut auf. »Maaaa«, rief ich, »MOOOONBOOOOOTS!« Sie half mir erst in den einen ihrer für mich vier Nummern zu großen Stiefel, dann in den anderen, und ich machte zeitlupenartig riesige Schritte auf der Couchgarnitur und auf den Betten, in deren viel zu weichen Matratzen ich schön tief einsank.

Und dann Ma mit Allan, dem Arsch. Immer hat sie diese Arschlöcher. ›Darauf bin ich programmiert‹, sagt sie, ›das ist ein Systemfehler!‹, und lacht. Allan der Vollidiot, Ziggy der Vollidiot. Und die andern, die Vollidioten. Einmal hat mich Allan, als ich zur Tür rauswollte, am Handgelenk gefasst, sich zu mir runtergebeugt und gesagt: »Du wirst immer der Kleine bleiben, ist dir das klar? Du kannst nie älter sein als ich.« Aber ich kniff die Augen zusammen. »Doch«, sagte ich, »wenn du stirbst, Allan, dann bist du tot, und ich werde weiter älter, ohne dich.«

Ma im Regenmantel und mit nassen Haaren irgendwann sonntags. Es regnet und windet so stark, dass ich nicht verstehe, was sie mir zuruft. Aber sie breitet die Arme aus, und ich renne hinein. Ich weiß gar nicht mehr, ob das wirklich passiert ist. Eher nicht. Vielleicht war das auch nur in irgendeinem Film. Aber ich hab so oft daran denken müssen, immer wenn ich vor was Angst hatte und bevor ich zum Trainer und zur Mannschaft wurde, dass es heute in der Erinnerung wahrer ist als wahr.

Langsam setze ich mich auf. Mein Schädel fühlt sich zehnfach vergrößert an, und meine Nase schmerzt. »Kein Blut«, sage ich leise, als ich sie berühre, und bin fast sauer. Dann stehe ich auf. Milan raucht und schaut aufs Wasser. Ich stecke die Hände in die Hosentaschen, gucke aufs Wasser wie er.

Nach einer Weile steht auch Milan auf. Unentschlossen sieht er an sich runter. »Ach deshalb«, sagt er halblaut und so, als wäre er allein. Er zieht die Hose aus und richtig rum wieder an. Seine Beine leuchten blass wie der Mond oder wie im Strobo. Als er fertig ist, geht er einen Schritt, stoppt, geht zwei weitere und bleibt schließlich neben mir stehen.

»Wie spät ist es?«

Milan schaut mich an, antwortet nicht.

Ich spucke die Worte vor ihm auf den Boden: »Wie spät es ist, will ich wissen?«

Milans Blick auf die Uhr. Wie von weit weg höre ich ihn sagen: »Gleich halb zehn.«

Wir starren beide geradeaus. Eine Sternschnuppe hat ihren Auftritt.

»Lass uns gehen«, sage ich.

Was ich vorhabe, ist: meine Haut so zart machen, bis sie durchsichtig wird. Dass ich nicht weiß, wie mein Kuttel-Knochen-Bereich aussieht, dafür hab ich null Akzeptanz. Ich trage ja all den Krempel seit sechzehn Jahren mit mir rum, plus meine Zeit als Baby in Mas Bauch. Wenn ihr mich fragt, ist das ne Menge Zeit für Inventar, das man nicht kennt!

Ich benutze für das Ausdünnen ein stumpfes Messer. Ein Messer, das ich schon sehr lange habe, das mal mein Kindermesser war. In seinen Metallgriff sind ein kleiner Zwerg und eine Blume eingeprägt. Als Kind fand ich das toll, heute braucht ihr mir mit Zwergen nicht mehr kommen. Die Zähnchen der Messerschneide sind abgewetzt. Ich habe, als ich klein war, damit immer gern die Rinde von den Broten gesäbelt. Ma hat geflucht, aber ich hab wie ein Verrückter weitergesäbelt. »Luis, du schlachtest das Brot«, hat sie gesagt und die Brotkanten mit ihrem Arm vom Tisch gefegt. Unser Küchenboden war ein Rindenmeer, ohne Scheiß jetzt. Jeder, der zu Besuch kam, musste erst mal über die hart gewordenen Brotstücke steigen. Das krachte, kann ich euch sagen. Ich jaulte jedes Mal laut auf, wenn wieder ein Stück Rinde unter einem Besucherschuh explodierte. Und erst wenn die Küchenfliesen mit einer dicken Schicht Brösel bedeckt waren, holte Ma den Staubsauger raus. Sie warf ihn an wie eine Kettensäge, und ich sprang auf ihren Rücken und versuchte mit lauten Jubelschreien den Lärm des Staubsaugers zu übertönen.

Ich schabe seit einer Woche täglich eine halbe Stunde an meiner Haut rum. Ich muss sehr vorsichtig sein, denn wenn ich zu viel an einer Stelle schabe, wird die Haut natürlich wund, fängt vielleicht sogar an zu bluten, dann können sich Krusten bilden, und das ist das Letzte, was ich bei diesem Projekt brauchen kann. Es gibt den Trainingsplan und der muss eingehalten werden. Weil ich mich selbst trainiere, muss der sogar unbedingt eingehalten werden. Trainingsrückstand gibt's bei mir nicht. Ich, als Mannschaft, muss besser werden. Jeden Tag, jede Sekunde. Denn mein Ziel ist: alles wissen. Aus welchem Leberfleck ein Haar raussteht, bis wo genau Richtung Arsch die Schamhaare wachsen, wie viele Sommersprossen ich auf dem Rücken habe, das weiß ich alles. Ich hab einen genauen Lageplan, wo sich bei mir was befindet und in welcher Menge. Außer Kopfhaaren, die kann man nicht zählen. Ich hab's versucht, bestimmt fünfundzwanzigmal. Beim fünfhundertsten Haar rum hab ich mich jedes Mal verzählt und es irgendwann gelassen. Und vielleicht ist das auch gut so, dass es eine Sache gibt, an die man nicht gleich rankommt. An die man hart und härter rantrainieren muss.

Wenn ich die Küchenschublade aufziehe, um mein Kindermesser rauszuholen, liegt da auch mein alter Kinderlöffel. Ein kleiner großer Löffel ist das, und Grießbrei hab ich meistens mit dem gegessen. Das Einfachste wäre, denke ich beim Schubladeaufziehen, wenn es eine Stelle geben würde an mir, die sich öffnen lässt. Eine Luke, ein Türchen, irgend so was, und wenn mein Blick dann auf den Kinderlöffel fällt, stelle ich mir vor, wie ich mit ihm dort hineinfahre und kleine Teile aus mir heraushole. Sie mir auf dem Löffel ganz genau betrachte, sie mir einpräge, aber ohne sie anzufassen. Denn das ist wichtig, dass man die Teile nicht anfasst, dass man nichts verändert und sie wieder genauso in sich reinlegt, wie sie vorher waren. Bis jetzt gibt es noch keine Luke, und deshalb knalle ich die Schublade jedes Mal wieder zu, und der Kinderlöffel bleibt an seinem Platz. In der Zwischenzeit mache ich mit dem Schaben weiter. Denn am Ende geht es immer darum, den Trainingsplan so gut und sicher aufzustellen, wie es im Moment eben möglich ist, damit mir keiner mit ner Überraschungsaktion kommen kann, die mich und die Mannschaft lahmlegt. Meine Innereien sind zur Zeit mein Leck, und ich hab Angst, dass sich dort irgendwann was ereignet, von dem ich wissen müsste, es aber nicht mitbekomme, weil die Haut alles zugeklebt hat.

Herr Knittel, unser Sportlehrer, erklärt gerade eine Sache am Bock, aber ich höre nicht zu. Turnen ist die schwulste Sache der Welt. Ich lehne an der Sprossenwand und schaue an mir runter. Schaue meine Arme an und die Haut, die um sie rumgespannt ist, und das macht mich wie immer wahnsinnig aggressiv. Ich schaue von den Armen weg und nach oben, zu der Fensterreihe unter der Decke der Turnhalle. Man kann die Fenster nicht öffnen, deshalb stinkt es in der Halle immer ohne Ende nach Schweißfüßen. Draußen ist es bewölkt, trotzdem recht hell. Ich halte einen Arm nach oben ins Licht und betrachte ihn angestrengt. Die scheiß Adern, das ist wie immer alles, was man sieht. Ich kotze innerlich. So richtig gebracht hat das Schaben noch nichts. Ich ziehe die Unterarmhaut mit zwei Fingern der anderen Hand auseinander. Aber nichts zu machen. Ich bekomme so eine Wut, dass ich mich von der Sprossenwand abstoße und Maike zur Seite schubse, die die Letzte in der Schlange vor dem Bock und die Einzige in der Klasse ist, die mich noch nie rangelassen hat. Ich schiebe einen nach dem anderen zur Seite, nur Hannes sagt »Ey!«, aber der bekommt meinen Zwei-Sekunden-Mörderblick und guckt sofort weg. Vorne hievt Herr Knittel grade den dicken Ben über den Bock. Herr Knittel macht ein besorgtes Gesicht, während er Ben hievt. Er macht immer ein besorgtes Gesicht, es ist sein Hobby, das Besorgtgucken. Ich hab das gleich in der ersten Stunde kapiert und nie mehr falsch eingeordnet. Man kann es sogar für sich benutzen, das Besorgtsein vom Knittel, und das hab ich gemacht. Einmal, vor nem halben Jahr war das, da hab ich so getan, als hätte ich Rippenbruch. Hatte ich nämlich tatsächlich mal nach ner Klopperei, ist schon länger her, aber zu der Zeit hatte ich den Trainingsplan noch nicht genau aufgestellt und hab die Röntgenbilder gar nicht richtig angeschaut, auf denen mir der Arzt die drei gebrochenen Rippen gezeigt hat. Das würde mir heute nicht mehr passieren. Ich konnte das Ganze aber trotzdem bei der Rippenbruchvortäuschung extrem gut einsetzen, weil ich mir den Schmerz damals voll eingeprägt habe und sowieso automatisch immer alles für mögliche spätere Trainingseinsätze abspeichere.

Die Rippenbruchvortäuschung war in Knittels erstem Jahr. Er hat sich sehr angestrengt, denn Knittel ist einer, der ein guter Lehrer sein will, und davor hab ich erstmal Respekt, obwohl ich glaube, dass er dafür zu dumm ist. Als guter Lehrer musst du schlauer sein als wir. Und das ist Knittel nicht. Knittel ist deshalb dumm, weil er einer von denen ist, die ZU klug sterben wollen. Er selber denkt aber, er ist schlau, weil die Leute oft das ZUklugsterbenwollen mit Schlausein verwechseln. Ist mir am Anfang auch passiert. Man KANN nicht schlau sein, wenn man ZU klug sterben will, aber das kapiert Knittel nicht, und ich kann es ihm auch nicht sagen, weil das ne Sache ist, auf die jeder selbst kommen muss. Und wenn du mal drauf gekommen bist, gibt's auch kein Zurück mehr, dann musst du dich entscheiden. Ich hab mich entschieden, und Knittel hat noch einen langen Weg vor sich, wenn er dahinkommen will, wo ich schon längst bin.

In der Stunde, in der die Rippenbruchvortäuschung stattfand, waren wir am Reck. Als ich drankam, hab ich mich bei einem Umschwung einfach fallen lassen und bin auf der Seite gelandet. Es tat schon weh, aber nicht schlimm weh, und ich hab gleich damit angefangen, den Rippenbruch vorzutäuschen. Zwei Mädchen haben geschrien, und Knittel hat sich sehr besorgt über mich gebeugt. Richtig gut war ich im Rippenbruchvortäuschen. Knittel hat Panik bekommen, den Unterricht abgebrochen und mich mit seinem Auto in die nächste Klinik gefahren. Ein schimmliger Opel war das, mit braunen Bezügen und zugestaubter Ablage, den ich ihm zusammengebrüllt habe, als wäre ich kurz davor abzukratzen. Das Rippenbruchvortäuschen hat mir richtig Spaß gemacht, weil Knittel mir das wirklich abgenommen, mir das geglaubt hat, weil er immer alles glaubt, weil er gar nicht damit rechnet, dass es Leute gibt wie mich, die einen Plan haben. Als wir in der Klinik ankamen und ich die Endlos-Schlange im Warteraum für die Notfälle gesehen habe, hab ich einfach noch eins draufgesetzt und den ganzen Eingangsbereich zusammengebrüllt. Fünf Minuten später war ich beim Röntgen und nochmal zehn Minuten später hat mich der Arzt in sein Zimmer gerufen. Ich hab gar nicht richtig mitgekriegt, was er gesagt hat, hörte nur einzelne Sätze wie: »Ihre Rippen sind intakt, junger Herr«, und: »Wenn Sie hiermit eine Wette gewonnen haben sollten: Ich gratuliere!« Aber ich starrte nur auf die Röntgenbilder und versuchte sie mir einzuprägen, was schwer war, weil ich mit diesem Schwarz-Weiß-Ding nicht klarkomme, und dann hab ich noch gefragt, ob ich sie mitnehmen darf, die Röntgenbilder, weil ich's mir so schnell halt doch nicht genug einprägen konnte, aber der Arzt sagte: »Sicher nicht, junger Herr!«, und lächelte ein müdes Lächeln, bevor er mich aus dem Zimmer schob und Knittel zu sich winkte. Als der im Zimmer vom Arzt verschwunden war, hab ich mich verdrückt, hab im Erdgeschoss eine dieser riesigen Damenbinden von einem Toilettenwagen geklaut, die wohl für die alten Omis sind, die ihr Pipi nicht mehr halten können, hab sie dem Opel unter den Scheibenwischer geklemmt und mich in die nächste U-Bahn Richtung Siedlung geschwungen. Als Knittel eine Stunde später bei uns zu Hause klingelte, lagen Ma und ich schon lachend am Boden über die Aktion. Sie reichte ihm eine Coladose über den Couchtisch, nickte gespielt besorgt in meine Richtung und bestellte uns, als er weg war, eine Riesenpizza Hawaii bei der Pizzeria ums Eck, die ich wie einen Pokal die ganzen fünfzehn Stockwerke hinauftrug.

Ich laufe los, springe auf das Sprungbrett und stoße mich ab. Herr Knittel hüpft nach hinten weg, und ich stütze mich auf dem dicken Ben ab, der quer über dem Bock hängt. Ben rutscht, ich bekomme Schräglage, rudere mit den Armen in der Luft, überschlage mich einmal und lande schließlich mit einem fetten Knall auf dem Rücken. Keine Luft, ich bekomme keine Luft. Das ist alles, was ich kapiere. Ich öffne den Mund, schnappe einmal, zweimal, dreimal, aber mein Brustkorb fühlt sich an, als hätte ihn wer mit Zement aufgefüllt. Ich schnappe immer wieder nach Luft, sehe plötzlich Knittels Gesicht über mir, das gar nicht so besorgt ist, wie man denken und es von ihm und seinem Besorgnisgesicht erwarten könnte. »Luis«, sagt er mehrmals laut, »Luis, hör auf«, und verschwindet aus meinem Blickfeld. Ich schnappe weiter nach Luft, spüre, wie der Zement hart und zu einer Betonbrust wird, die nichts rein- und rauslässt. Dann taucht Knittel wieder über mir auf und stemmt die Arme in die Seiten. »Luis, verdammtnochmal«, ruft er, »jetzt hör endlich auf. Wenn du meinst, ich falle wieder auf dieses Theater rein, hast du dich geschnitten!« Knittel wird kleiner und kleiner, wird von einem schwarzen Rand immer mehr zusammengequetscht, bis er schließlich ganz verschwindet. Es wird still, mein Herz pocht wild, und ich kapiere: Jetzt kommt Ohnmacht.

Ich hab schon früh mit dem Trainieren angefangen. Kann mich nicht erinnern, wann genau. Sind ja immer unterschiedliche Bereiche gewesen, die ich trainiert hab, manchmal komme ich da durcheinander. Heute bin ich schon so lange dabei, dass ich mir mein Leben ohne Plan gar nicht mehr vorstellen kann. Vielleicht hab ich sogar gleich damit angefangen, also ab dem Moment, als Ma mich rausgedrückt hat. Kann ja sein.

Die größte Aktion, an die ich mich erinnern kann, ist jedenfalls vier Jahre her, da war ich zwölf. Es war Sommer, das weiß ich noch, denn ich trug eine kurze Hose und Sandalen. Heute sind Sandalen der Tod, damals war es mir egal. Ich weiß nicht mehr, warum Ma auf die Idee kam und wie genau sie Allan dazu gebracht hat. Aber wir machten allen Ernstes einen AUSFLUG. Ich glaube, ich weiß es doch noch, es war wegen der Abtreibung, sonst hätte Allan bestimmt ›Nein‹ zum Ausflug gesagt. Das war Allans Lieblingsbeschäftigung: zu allem Nein sagen. Vor allem, wenn Ma oder ich ihn um was gebeten haben. Als ich größer wurde, hab ich ihm vorgeschlagen, sich das Wort auf die Stirn tätowieren zu lassen. »Allan«, hab ich gesagt, »das würde ne Menge Zeit sparen, du müsstest einfach nur mit dem Finger drauf zeigen!« Da hat er mir das letzte Mal eine verpasst. Denn danach kam punktgenau ein Wachstumsschub, sodass ich plötzlich einen Kopf größer war als er, und da hat er sich nicht mehr getraut.

Wir machten jedenfalls allen Ernstes diesen Ausflug

und fuhren mit Allans Auto, in dem ich normalerweise nie mitfahren durfte, nur Ma, und die auch nicht immer, je nachdem, ob sie ihre Tage hatte oder nicht. Wenn Sex ausfiel, zog das ein Mitfahrverbot nach sich, zumindest hab ich mir das immer so zusammengereimt. Ma war das egal. »Busfahren ist doch schön, Luis«, sagte sie, nahm meine Hand und zog mich Richtung Bushaltestelle, wenn Allan uns mal wieder vor unserem Block stehen gelassen hatte und mit seinem blank polierten Audi davongerauscht war. Aber dieses Mal durften wir mitfahren, sogar ich durfte mitfahren, was wie gesagt noch nie vorgekommen war, aber auch das hatte bestimmt mit der Abtreibung zu tun. Ma wollte zum Nebelhorn und Allan, die alte Hohlbirne, hat die Nase gerümpft, weil er nicht kapiert hat, warum man einen Ausflug macht an einen Ort, wo's neblig ist, und er schrie »Benzinverschwendung!«, aber dann stiegen wir doch alle in den Audi ein und fuhren zum Nebelhorn.

Eineinhalb Stunden dauerte die Fahrt, also genauer gesagt zweieinviertel Stunden, weil ich fünfmal pissen musste. Allan fuhr jedes Mal raus auf eine Raststätte oder auf einen dieser schimmligen Autobahnparkplätze. Eigentlich musste ich von den fünfmal nur einmal. Allans Ader am Hals schwoll aber immer so schön an, wenn er den Blinker setzte. Auf den Klos lief ich von Tür zu Tür und löste die elektrischen Spülungen mit der Hand aus. Ich weiß nicht, vielleicht war ich grade irgendwie schräg drauf: Das rauschte, wie ich mir immer einen rauschenden Bach im Gebirge vorgestellt hatte. Hab ich mal im Fernsehen gesehen, so einen Bach, und wie der irgendwann an einem Felsen runterstürzte, ganz tief hinunterstürzte, das hat mir voll gefallen, das weiß ich noch, und wie er dann viel, viel weiter unten auf einen Felsen gekracht ist und einfach weitergeflossen in ein Stückchen Wald hinein, ohne dass ihm was passiert und so, als ob nichts gewesen wäre. In echt hab ich noch nie einen solchen Bach gesehen. Denn das Nebelhorn war mein erster Berg, wie auch die Fahrt dorthin mein erster Ausflug war. Das Wasser der Spülungen rauschte also, und draußen schwoll Allans Ader. Ich wusste drinnen schon, dass sie schwoll und wie es aussah, dieses Allan-Aderschwellen, und darüber freute ich mich. Immer wenn ich vom Klohäuschen wiederkam, winkte Ma mir hinter der Scheibe lächelnd zu. Allan stand an die Kühlerhaube gelehnt und rauchte. An seinem Hals glühte die Ader wie eine Zündschnur. Beim letzten Mal schnippte er seine Kippe gegen meine Brust. Das Loch im Anorak hab ich die ganze restliche Fahrt zum Nebelhorn stolz befühlt, hab meinen Zeigefinger wieder und wieder reingesteckt. Als wir angekommen waren und aus dem Audi stiegen, sah Ma das ausgeleierte Brandloch, holte ein Pflaster aus ihrer Tasche und klebte es quer darüber. Sie grinste mich an, und dann bestiegen wir das Nebelhorn.

Genau genommen fuhren wir mit der Seilbahn hoch. Das war zwar erstens scheiße wegen meiner HA, aber zweitens wie immer Training. Die ganze Zeit über hab ich auf Mas Sandalen gestarrt und auf ihre winzig kleinen Zehen, die vorne rausschauten und die alle zehn mit unterschiedlichen Nagellackfarben angemalt waren. Für die Lackierung der großen Zehen war ich zuständig. Ich entschied, dass ich ein guter Lackierer war, und dann waren wir auch schon oben auf der ersten Station. Draußen vermied ich Richtung Tal zu sehen und schnappte nach Luft, aber Ma schob mich schon weiter zur nächsten Bahn. Bei der mittleren Station stiegen wir aus. Ich hab ne Cola und Allan einen von Mas Zungenküssen bekommen.

Der Gipfel war nicht zu sehen, alles war voller Wolken. Wir lagen in den Liegestühlen vor dem Gasthaus und schauten hinauf. Allan schrie noch mal »Benzinverschwendung!«, schloss die Augen und schlief sofort ein. »Die gute Bergluft«, sagte Ma mit Blick auf Allan, grinste und pfiff durch ihre Zahnlücke. Ich pfiff zurück, und wir schickten uns, über den schlafenden Allan weg, eine Weile Lückenpfiffe hin und her. Dann schloss auch Ma die Augen, und ich stand auf und lief ins Gasthaus, von Cola muss ich immer pissen. Die Spülungen waren nicht elektrisch, ich drückte trotzdem viermal drauf, hörte dem Rauschen zu und lehnte dabei mit runtergelassener Hose an der vollgekritzelten Klotür. Als ich wiederkam, waren Ma und Allan weg. Ich schaute mich um. Die Terrasse war voll besetzt, und es war Mittagessenzeit. Auf den Tischen dampften die Germknödel. Ich liebe Germknödel, sie sind Mas Spezialität. Als ich noch klein war, hat sie mich im Supermarkt immer über die Gefriertruhe gehalten und mich die Packung rausnehmen lassen. Mein Blick suchte noch mal die Terrasse ab, in unseren Liegestühlen von eben lagen Leute.

Die Gipfelbahn fuhr ein klein wenig langsamer als die beiden ersten Bahnen, und es waren viel mehr Leute drin. Beim Einsteigen hatte mich ein dickes Mädchen in den hinteren Teil der Gondel gedrängt. Ich schaute auf den Boden, fixierte verschiedene Wanderschuhe, große, kleine, aber ohne Mas Zehen funktionierte das Training nicht. Ich gab auf, sah hoch, und dann bekam ich eine rein. Ich weiß noch, dass ich damals dachte, die HA wäre das, hätte mir eine zentriert, manchmal macht sie das, wenn ich als Trainer versage, aber dann kapierte ich: Das war gar keine Schelle, das war grelles Licht und der Moment, als die Seilbahn durch die Wolken brach.

Die Sonne strahlte, und ich hielt mir die Hände vor die Augen, als ich aus der Gondel stieg. Es roch anders als auf der mittleren Station, das fiel mir sofort auf, und es war kälter. Ich fror ein bisschen und war froh, dass Ma das Pflaster über das Brandloch im Anorak geklebt hatte. Auch hier gab es eine Terrasse, auch sie war voller Leute und verbreiterte sich weiter vorn zu einem Aussichtspunkt. Kleine Kinder wurden von ihren Eltern vor die installierten Fernrohre gehalten. Ein Holzgeländer verlief rings um die Terrasse. Es war das lächerlichste Geländer, das ich je gesehen hab: drei Reihen Holzbalken mit einer riesigen Lücke zwischen erster und zweiter Reihe, durch die man locker ein Baby hätte schieben können. Ich wusste, dass es dahinter runterging, weit runterging. Mir wurde schlecht. Ich dachte wieder an den Bach und wie er auf den Fels gekracht war, das half sogar.

Ganz vorne, in der Mitte vom Aussichtspunkt, stand das dicke Mädchen aus der Gondel am Geländer, neben ihr war ein freier Platz. Der Trainer klopfte an meine Mannschaftstüre. Er klopfte einmal, zweimal und als ich auch beim dritten Mal nicht öffnete, trat er ein. Der Trainer ließ mich Luft holen, er hob erst meinen einen, dann den anderen Fuß in die Höhe und so ging ich, Schritt für Schritt, auf das Geländer zu. Mein Herz raste, ich suchte den Trainer, aber er war weg. Das machte er manchmal: plötzlich verschwinden. Dann musste ich als Mannschaft allein klarkommen, das war Teil des Trainings. Ich heftete meinen Blick auf den Hintern des dicken Mädchens, der riesig war, in einer rosa Legging steckte, und das beruhigte mich sofort. Ich bin mir sicher, dass mich der rosa Riesenhintern in jedem anderen Moment meines Lebens extrem beunruhigt hätte, aber jetzt war er im Vergleich zum freien Geländerplatz mit dahinter liegendem Abgrund sehr der Hammer. Die HA schlug in Abständen von zwei Sekunden ihre kleine Faust in meinen Magen. Wir beide wussten es, ich als Trainer wusste es genauso, wie ich es als Mannschaft wusste: Die Situation war was Besonderes für sie. Sie war den Balkon gewohnt, den fünfzehnten Stock. Unsere täglichen Trainingseinheiten dort liefen immer gleich ab, das war abgestecktes Gelände. Das hier, die Gipfelstation vom Nebelhornaufstieg, war etwas ganz anderes.

Ich blieb stehen. Ich war nur noch einen Schritt vom Geländer weg und hatte mit meinem Blick ein Loch in die Legging des Mädchens gelötet. Ich schloss die Augen. Ich rief den Trainer, und er kam. Er stellte die Mannschaft auf, steckte sich die Trillerpfeife in den Mund, und als er hineinstieß, öffnete ich die Augen und machte den letzten Schritt nach vorn.

Es war weich. Warmes, weiches Fleisch. Das Komische war, dass sie sich überhaupt nicht bewegte. Einfach stehen blieb, meine Arme, die sie von hinten umschlangen, meine Hände, die sich in ihren Bauch gruben, nicht abstreifte oder wegschlug. Kurz überlegte ich, ob sie eingeschlafen war, oder hypnotisiert vielleicht, die Aussicht, die Berggipfel, was weiß denn ich, was dieses Zeug bei Leuten auslöst, denen die HA nicht am Hacken hängt. Sie blieb jedenfalls stehen, ohne sich zu rühren, und ich presste mein Gesicht in ihren Rücken. Sie roch wie mein Bett, wenn Ma es frisch bezogen hatte, wie meine T-Shirts, meine Pullis, meine Jeans, wenn ich sie, noch feucht, aus der Waschtrommel zog, in der sie nach dem Waschen zwei Tage gelegen hatten: leicht modrig. Ich fasste auch ihre Brüste an. Ich hatte noch nie Brüste angefasst, außer Mas und die von meinem Kumpel Marco. Aber Mas Brüste waren klein und fast nicht da, die von Marco wabbelige Tütchen. Ihre hier, das waren Ansagen. Ich ließ die Brüste schnell wieder los, so weit war ich damals noch nicht, obwohl ich heute noch oft an sie denken muss. Der Trainer brüllte mich zusammen, er stampfte mit dem Fuß auf, trat in meine Kutteln, wieder und wieder. Aber ich blieb, wo ich war, und hielt eine ihrer Bauchrollen fest, wie ich mich wahrscheinlich am Geländer festgehalten hätte, und presste mein Gesicht weiter in ihren Rücken, hielt die Augen geöffnet dabei, so als könne ich durch sie hindurchsehen und endlich die beschissene Aussicht genießen. Ich spürte, wie meine Augäpfel gegen den Stoff ihres Pullis stießen, die feinen Baumwollhärchen alle Feuchtigkeit aufsogen, das fühlte sich eklig an und wie zwei Dinge, die nicht zusammengehörten, und da ließ ich sie los.

»Von da oben hast du den besten Blick!«

Ich hatte mit der Stirn seit zehn Minuten auf dem Holztisch gelegen. Schaute hoch, sah das Leggingmädchen mir gegenüberstehen, eine Fantaflasche in der Hand, mit der sie auf das große Holzkreuz zeigte, das ein paar Meter über der Station in den Himmel ragte. »Wenn du da nicht warst, gilt's nicht. Dann warst du gar nicht hier oben.«

Ich antwortete nicht.

»Ist dir schlecht?« Sie stellte die Fanta auf den Tisch, schob sie zu mir rüber und nickte mir aufmunternd zu.

Ich schüttelte den Kopf. »Mir ist nicht schlecht.«

Langsam setzte sie sich hin, zog die Fanta zu sich und nahm einen Schluck, ließ mich nicht aus den Augen dabei.

»Bist du einer von den Verzweifelten, oder was?«, sie musterte mich. »Bisschen jung für Selbstmord. Aber musst du wissen!«

»Ich hab Höhenangst, du Hohlbirne.«

»Na, vor allem hast du nen schönen Abdruck auf deiner Stirn.« Sie kicherte. »Brett vorm Kopf!«

»Haha«, sagte ich und rieb mir über die Stirn.

Sie trank noch mal von der Fanta, beobachtete mich dabei.

»Bist du alleine hier?«

Ich richtete mich auf, strich mit einer Hand über das Pflaster auf dem Anorak.

»Klar«, sagte ich. »Und du?«

»Hmhm.«

Sie rollte ihre Zunge zusammen und steckte sie in die Flaschenhalsöffnung, sah mich die ganze Zeit über an.

Sie war älter als ich. Es machte plopp, als sie ihre Zunge aus der Öffnung zog.

»Ich fahr hier jeden Tag hoch. Hab ne Monatskarte.« Sie lehnte ihren Kopf gegen die Fanta, mir wurde ganz anders. »Ich wohne unten im Ort.«

»Hab ich mir schon gedacht«, sagte ich schnell. »Du rollst das R so komisch.«

Sie grinste. Zahnlücke.

»Hab auch so eine.« Ich zeigte mit dem Finger auf ihren Mund.

»Hab ich schon gesehen.«

Wir schauten uns an. Ich nahm mir vor, nicht als Erster wegzusehen, aber sie war eine knallharte Nuss. Schließlich guckte ich auf den Kragen ihres Pullis, der ebenfalls rosa war.

»Kannst du das?« Ich pfiff durch meine Lücke.

Ich verfüge über verschiedene Pfiffe. Es gibt die spitzen hellen, die dumpfen leisen, den einen, der klingt, wie der Wellensittich, der Marcos Mutter gehört. Ma hat sie mir im Laufe der Jahre beigebracht, einen nach dem anderen. Wir haben jeden einzelnen so lange geübt, bis ich ihn perfekt konnte. »Erste Tat am Tag, Meise!«, hat Ma morgens gerufen, wenn sie die Tür zu meinem Zimmer aufstieß, und ich hab, noch im Halbschlaf, direkt losgezwitschert. Später hab ich selbst einen entwickelt. Ich ließ mir Zeit, feilte an ihm, bis ich ganz sicher war, dass er mit Mas Pfiffen mithalten konnte. Als wir ihn zusammen auf dem Balkon das erste Mal ausprobierten, strich sie mir über den Kopf, sagte: »Du bist mir vielleicht ne Pfeife, Meislein!«

Nach dem letzten Pfiff stand das Leggingmädchen auf. Sie war richtig gut im Nachpfeifen gewesen. Sie kam um den Tisch rum, die Fanta baumelte in ihrer Hand.

»Willst du noch mal?«, fragte sie.

Ich schaute zu ihr hoch. Sie war ein rosa Berg. Ich ging die Möglichkeiten durch: Fanta, Brüste, Augäpfel auf Baumwolle. Ich war mir nicht sicher, was genau ich noch mal wollen sollte. Ich hatte auch Angst davor, es noch mal zu wollen, egal, was es war. Also schüttelte ich sicherheitshalber den Kopf. Sie stellte die Fanta energisch auf dem Tisch ab und zog ihren Pullover hoch. Zwei enorme Bauchrollen wallten mir entgegen. Eine war ganz rot. Das also hatte sie gemeint.

»War ich das?«, fragte ich leise.

Sie nickte, zuckte die Schultern. »Nicht schlimm, ich spür das gar nicht.«

»Echt nicht?«

»Nee, echt nicht.«

Ich hob eine Hand, streckte zwei Finger aus und steckte sie zwischen die Rollen. Es war klebrig dort und warm. Wir schauten uns an. Ich zwickte einmal kurz.

»Und?«

Sie schüttelte den Kopf.

Ich zwickte noch mal stärker. Aber sie reagierte nicht, sah mich nur an auf eine Art, wie mich noch nie ein Mädchen angesehen hatte. Das verwirrte mich, aber ich war ja bezüglich Girls auch noch komplett ohne Plan damals. Heute weiß ich: Sie war eine von den Guten. Die Guten schauen nie weg, müsst ihr wissen, die bleiben an dir dran. Und das Leggingmädchen war eine von ihnen, war meine Erste, hat den Anfang gemacht, mir was gezeigt mit ihrem Blick, alles, was man wissen muss, wenn man ein Profi werden will, wie ich einer geworden bin.

»Ich komme wegen dem Obheiter hier rauf.«

»Wegen was?« Meine Stimme war plötzlich dünn und so, dass man sie Stimmchen hätte nennen können.

»Wir sagen Obheiter dazu. Wenn's unten neblig ist oder bewölkt.«

Sie lehnte sich leicht vornüber, sodass meine ganze Hand zwischen ihren Rollen versank. »Oben scheint ja immer die Sonne, du Hohlbirne«, flüsterte sie.

Dann richtete sie sich auf: »Ich verschwinde!«

Als sie den Pulli runterzog, streifte sie auch meine Hand ab. Ohne sich noch mal umzudrehen, lief sie zur Talbahn, die grade einfuhr.

Es war stiller geworden auf der Terrasse. Ich sah mich um, sah Richtung Geländer. Nur noch drei Leute standen dort. Niemand trug Rosa. Die leere Fantaflasche vor mir, irgendwas war passiert. Ich wusste nicht was. Ich stieß den Trainer mit dem Fuß an, aber er blieb stumm. Ich griff nach der Flasche, rollte die Zunge zusammen und steckte sie in den Flaschenhals. Der Wellensittichpfiff ließ mich den Kopf drehen. Ma stand vor der Bahn. Sie hielt eine Hand vor die Augen wegen der Sonne, wie ich vorhin. Es machte plopp.

Ich hab mir nur zwei Rippen leicht geprellt. Knittel sagt trotzdem Entschuldigung. »Entschuldigung, dass ich dir nicht geglaubt habe, Entschuldigung, Luis«, wiederholt er immer wieder, als wir den Krankenhausparkplatz überqueren.

Der Arzt hat mir auch nicht geglaubt. War derselbe Arzt wie damals. »Sie schon wieder, junger Herr«, hat er gesagt und die Arme vor der Brust verschränkt. Irgendwas an meiner Gesichtsfarbe hat ihn aber doch zweifeln lassen. Die Röntgenbilder sahen genauso aus wie letztes Mal. »Ihr fast intaktes Inneres, junger Herr«, sagte der Arzt und machte eine kleine Verbeugung in meine Richtung. »Da ist wirklich nichts gebrochen?« Ich war enttäuscht. »Sicher nicht. Ein kleines Trauma rechts, that's it. Sieben Tage vorsichtig atmen, trinken, winken.« Der Arzt lachte laut. Den Spruch machte er wohl öfter. »Nehmen Sie die. Höchstens dreimal täglich, zwei Wochen lang.« Er zog eine Packung Tabletten aus einem Schrank und hielt sie mir hin.

Knittels Opel riecht nach Kaninchenstall. Er fährt zu schnell an, entschuldigt sich wieder.

»Kann ich was für dich tun?«

»Ja«, sage ich, »ich hab Hunger.«

Ich dirigiere ihn zum Diner an der Hollinger. Da wollten wir immer mal rein, die Jungs und ich. Marco war schon mal mit seinem Vater da. »Die haben Burger«, hat er erzählt, »die sind hoch wie unser Block. Vier Lagen Fleisch, ohne Ende Käse dazwischen, der quillt überall raus und läuft dir über die Finger, ey und die Salatblätter sehen aus wie von echtem Salat!«

Ich bestelle Spareribs und Cola.

»Mit Pommes?«, fragt die Bedienung.

Ich reagiere nicht. Knittel nickt.

»Für mich nur einen Kamillentee, bitte«, sagt er und schaut aus dem großen Fenster auf die Straße.

Die Cola und der Tee kommen. Ich beobachte Knittel, seine Pupillen flirren, folgen den vorbeifahrenden Autos. Ich lehne mich vorsichtig nach vorne, schnelle Bewegungen schmerzen. Spüle eine der Tabletten mit der Cola runter und pisse anschließend Achten in die Kloschüssel. In der Damentoilette nebenan ziehe ich einen Hygiene-Beutel aus der Halterung.

Als ich wiederkomme, sind die Spareribs schon da. Ich schiebe die Pommes zur Seite und schabe das Fleisch mit dem Messer runter, bis die Knochen ganz freigelegt sind. Ist ein schönes Gefühl, das ich beim Abschaben habe, merke, dass ich da im Training bin. Wäre schön, wenn bei mir auch mal richtig was runterginge. Ich schiebe die nackten Spareribs vorsichtig in den Hygiene-Beutel, schaue hoch und zu Knittel, der immer noch stumm aus dem Fenster glotzt.

»Gehen wir«, sage ich, und es klingt, als hätte ein Hund gebellt.

Knittel zuckt zusammen. Er legt einen Geldschein auf den Tisch, schaut für einen kurzen Moment irritiert auf meinen Teller, die nicht angerührten Pommes und den kleinen Fleischhaufen, der dort liegt. Er sieht mich an, aber die Irritation ist weg. Das Besorgnisgesicht hat er angeknipst, es meint nicht mich.

Knittel vergisst, sich anzuschnallen. »Sag deiner Mutter, es tut mir leid.« Den Rest der Fahrt über ist er still.

Sein Opel ist noch zugestaubter als beim letzten Mal. Ich schaue aus dem Fenster und zähle Bäume. Es werden immer weniger, je näher wir der Siedlung kommen. Drehe mich zu ihm. Er schaut gradeaus auf die Fahrbahn, seine Stirn wie immer leicht in Falten gelegt. Ist in sich reingerutscht, hat vergessen, dass ich da bin. Manchmal, wenn ich nach der letzten Stunde mit den Jungs noch ne Runde im Hof sitzen bleibe, kommt Knittel aus dem Haupteingang. Er trägt immer diese sackartigen Cordhosen, wenn er der Privat-Knittel ist. In der Halle, wenn er der Sport-Knittel ist, graue oder dunkelblaue Jogginghosen. Hat als Privat- wie auch als Sport-Knittel jeweils nur zwei Hosen, und alle sind alt und oft geflickt. Ich tippe, dass Knittel keine Frau hat, oder höchstens eine, die farbenblind ist, denn die Löcher sind alle mit Fäden gestopft, die null zur Farbe der Hose passen. Die blaue Jogginghose mit gelbem, die graue mit rotem Faden. Die Cordhosen sind nicht gestopft, aber an den Oberschenkeln abgescheuert. Knittel, unser Modekönig! Kommt also aus dem Haupteingang, hat seinen

Rucksack an einer Schulter hängen, läuft Richtung Opel, einen riesigen Schlüsselbund in der Hand, der bei jedem Schritt laut klirrt. Dann, immer an der gleichen Stelle, bleibt er stehen und starrt in die Rabatte. Die sieht ziemlich finster aus: Bei uns kümmert sich niemand um die Rabatte. Es gab ein Mädchen aus der Sechs, die hatte was übrig für Gewächse und Bepflanzung, die hat sich die Rabatte mal so richtig vorgenommen und mit Primeln vollgestopft. Aber schon nach der dritten Stunde waren die Primeln platt. Die fetten Bernsdorf-Zwillinge aus der Sieben hatten unter dem Johlen der kompletten Pausenhofbelegschaft in Zeitlupe ihre Fettärsche auf die Primeln gesenkt und sie unter sich begraben. Knittel aber starrt immer auf die Rabatte und macht ein so trauriges Gesicht, als wären die Primeln eben erst verreckt und er auf ihrer Beerdigung. ›Dieses Insichreingerutsche vom Knittel ist wahrscheinlich ne psychische Sache‹, sagt Milan oft. Und ich nicke dann, obwohl ich keine Ahnung habe, was genau das bedeutet. Milan hat aber Ahnung, weil seine Mutter ja auch eine hat. Ich hab seine Mutter noch nie gesehen, bin deshalb bezüglich psychische Sachen ohne Plan, logisch.

Als Knittel mich vor unserem Block absetzt, fragt er, ob er mir helfen soll. Ich winke ab.

»Schaff ich schon, gibt ja ’n Aufzug.«

Ich steige mühsam aus, die Autotür fällt hinter mir zu und in Knittels letztes Entschuldigung rein. Ich schaue dem Opel hinterher, wie er wendet, Knittels vorbeiziehendes Gesicht. Im letzten Moment sieht er mich an.

Die ersten vier Stockwerke gehen gut, dann sticht es beim Atmen. Ich halte meine linke Seite, während ich die Treppen raufsteige, und stütze mich mit einer Hand am Geländer ab. Das Neonlicht flackert, alle zwei Stockwerke gibt es ein kleines Fenster. Beim zweiten bleibe ich stehen. Milchglas. Ein kleines, dumpf leuchtendes Viereck mit schwarzem Rahmen. Ich lehne meinen Kopf gegen die Scheibe, ruhe mich ein bisschen aus. Gehe weiter und mache bei keinem der nächsten drei Fenster halt, muss mich aber ab dem achten Stockwerk bei jeder neuen Etage mit beiden Händen kurz auf dem Geländer abstützen, bevor ich weitergehen kann. Im elften Stock hab ich ne ernsthafte Krise und presse meinen Kopf an die Tür, die raus auf die Etage führt und zum Aufzug. Mir ist schlecht, sogar richtig, aber ich stoße mich mit der Stirn von der Tür ab, steige langsam die Stufen weiter rauf. Im vierzehnten Stock kotze ich in den Mittelschacht. Tut höllisch weh, muss mich danach hinsetzen. Benommen starre ich auf das letzte Fenster.

Bis ich elf war, hab ich da durchgepasst. Wenn Allan die Wohnungstür aufriss, mich die Treppen runterstieß und mit dem Kopf voran durch das geöffnete Fenster steckte. Vor Wut hinter mir kochte und ich bis zum Bauch draußen hing. Die ersten Male hatte ich Angst. Aber ist okay, am Anfang Angst zu haben. Grundsätzlich, bei allem. Darfst du, kennst dich ja noch nicht aus. Später sieht's anders aus. Da hast du ne Menge Informationen gesammelt, die dir helfen, die Situation besser einzuschätzen und mit ihr umzugehen. Sind oft einfache Sachen, die dir helfen. In diesem Fall hab ich die Satellitenschüsseln vom Block gegenüber gezählt. Bei der elften Schüssel hat Allan mich meistens reingezogen, mich mit dem Rücken gegen die Wand geknallt und die Treppen wieder hochgeschubst. Wenn Ma da war, hat sie mir ne Fanta mit Strohhalm und ihm ne Cola hingestellt, den Kopf geschüttelt und sich ins Wohnzimmer verabschiedet. Stumm trinkend haben wir uns am Küchentisch gegenübergesessen und uns angestarrt. Ich bin immer sitzen geblieben, bis die Fanta ganz leer war. Die letzten Schlucke hab ich laut mit dem Strohhalm eingesogen. Bin aufgestanden, ohne Allan aus dem Blick zu lassen, bin rüber ins Wohnzimmer und hab meinen Kopf in Mas Schoß gelegt.

Ich zähle die Striche unter dem Allan-Fenster, ganz verwischt sind sie. Hab hinterher immer einen Kulistrich unter den Rahmen gemacht. 38 sind es. Hätte gern die 50 geschafft, Allans Bandscheiben gekillt, aber irgendwann war ich ihm zu schwer. Wenn ich die Augen unscharf stelle, sieht der Rahmen mit den Strichen drunter aus wie ein Tausendfüßler. Hab ich mal im Fernsehen gesehen, scheiß hässliche Dinger. Links und rechts neben dem Fenster mein Zeichen. Fett, mit Edding.

Als ich aufstehe, ist der Schmerz so stark, dass mir schwarz vor Augen wird. Ich wanke, das Fenster klemmt ein bisschen. Hat wohl schon lange keiner mehr aufgemacht. Ich halte mich mit beiden Händen am Rahmen fest und stecke meinen Kopf raus. Ist das erste Mal seit damals, kommt mir alles noch ziemlich bekannt vor. Ich zähle die Schüsseln, passiert fast automatisch. Weil Allan so ein Schwächling war, hat er mich ja nie so lange raushalten können, bis ich mal durch gewesen wäre mit Zählen. Das hole ich jetzt nach und komme auf 62. Die

Hohlbirnen gucken den ganzen Tag nur in ihre Glotzen rein.

Ich schließe die Wohnungstür auf, bleibe im Rahmen stehen, horche. Blick zur Garderobe: Mas Anorak hängt an seinem Platz, Milans Jacke an meinem Haken. Ich mache die Tür hinter mir zu. Mir fällt auf, wie laut sie ins Schloss fällt, früher hab ich nie darüber nachgedacht. Ma steckt ihren Kopf kurz aus der Küche in den Flur.

»Hallo«, sagt sie und lächelt.

Ich räuspere mich. »Hallo.«

Sie verschwindet wieder in der Küche. Topf klappert. Sie kocht?

»Willst du auch was essen?« Mas Stimme.

»Nee«, rufe ich und ziehe meine Jacke aus, hänge sie über Milans an meinen Haken, mache einen Schritt Richtung Küche, drehe mich noch mal um und streife meine Turnschuhe ab. Milan hat die gleichen. Mit dem Fuß schiebe ich seine ein Stück zur Seite und meine an ihren Platz.

Er sitzt auf der Bank, dreht Zigaretten. Als ich reinkomme, schaut er hoch, fixiert mich, nickt kurz und widmet sich wieder seinem Tabak. Ma rührt mit einem großen Pfannenschieber in einem Topf mit Milch rum. Neben dem Herd liegt eine aufgerissene Packung Germknödel und eine noch ungeöffnete mit Vanillesaucenpulver.

Ich bleibe gegenüber Ma, an den Küchenschrank gelehnt, stehen. Sie rührt noch mal in dem Topf, beugt sich dann runter, um in den Ofen zu schauen. Die Germknödel leuchten. Sind nur zwei.

»Hast du keinen Hunger?«, fragt Ma und richtet sich auf.

Ich schüttele den Kopf. »Hab schon gegessen.«

»Ah, okay.«

Sie lächelt. Guckt mich genauer an.

»Bisschen blass. Alles okay, Meise?«

Milan schaut hoch, schaut von mir zu Ma und wieder zurück.

»Ma«, sage ich schnell und mache eine Kopfbewegung zum Topf hin.

»Was denn? Sag doch mal.«

»Ma, die Milch!«

Sie dreht sich um, stößt mit dem Schieber den überlaufenden Topf von der Platte.

Ich beuge mich nach rechts, ziehe eine Schublade auf. Das Kindermesser glänzt, ich schnappe es mir.

»Ich leg mich rüber«, sage ich und werfe den Befundbericht vom Krankenhaus in die Milchlache auf dem Herd.

Eins von Mas Kleidern hängt im Bild, aber um diese Uhrzeit kommt eh nur Scheiß. Ich zappe dreimal durch alle Programme, lasse eine Sendung laufen, in der Politiker an einem Pult stehen und Reden halten. Ich schalte stumm. Von Politik hab ich keine Ahnung. Das soll auch so bleiben.

Ich schiebe mir ein Kissen in den Rücken, schütte die nackten Spareribs vorsichtig aus dem Hygiene-Beutel auf Mas Bett. Beuge mich leicht vor, spüre den Schmerz, die nächsten zwei Tabletten würge ich ohne Wasser runter. Mit dem Kindermesser hole ich die letzten Reste vom Knochen. Feiner Schweinefleischstaub rieselt auf Mas Laken. Ich lege die Rippchen in zwei Reihen nebeneinander, fahre sie mit den Fingern einzeln ab, schnappe mir eine und schnuppere dran. Riecht noch nach Marinade, lecke ein bisschen, aber schmeckt nach nix.

»Tut's weh?«

Ma steht in der offenen Tür. Sie hat einen Teller Germknödel in der Hand, fährt mit der Gabel hinein und schiebt sich ein Stück in den Mund.

»Bisschen«, sage ich, ohne das Rippchen aus den Augen zu lassen.

»Beim Sport?«

Ich nicke.

»Hat der Kittel dich gefahren?«

»KNittel!«

»Und? Hat er?«

Ich nicke wieder. »Ich soll Entschuldigung ausrichten von ihm.«

Ma rührt mit der Gabel in der Vanillesoße.

»Macht ihr heut noch was?«, sagt sie.

»Wer?«

»Du und Milan.«

Ich zucke mit den Schultern.

»Oder tut es dafür zu weh?«

Ich sehe sie an. Ma pustet auf ein Stück Germknödel auf ihrer Gabel, bevor sie es sich in den Mund schiebt. Sie steht auf einem Bein, das macht sie gern. Melli nennt sie Flamingo deswegen.

»Geht schon.«

Sie isst stumm, schaut Richtung Fenster dabei. Ich drehe das Rippchen in meinen Händen. Als Ma mich ansieht, breche ich es mit zwei Fingern durch. Knack macht es.

»Was ist das?«

Ich antworte nicht. Ma nickt, stellt das zweite Bein wieder auf. Sie lässt den Teller mit dem halben Germknödel aufs Bett gleiten.

»Ich geh mal wieder rüber.«

Ich ordne die Rippchen immer wieder neu an, drehe sie hin und her, bis alles ganz durcheinander ist: Krüppel!, denke ich genau in dem Moment, als er ertönt: mein Lieblingspfiff. Der, den Ma nur rausschickt, wenn ihr grade was besonders gut gefällt. Ich breche die Rippchen nacheinander durch. Knack macht es, knack knack knack: ein kleiner Haufen Rippenbruch. Als ich mich drüberbeuge, spüre ich wieder das Stechen, die Tabletten wirken noch nicht. Beuge mich weiter vor, das Stechen wird stärker, bis ich loslasse und nach vorn aufs Bett falle, mit dem Gesicht im Rippenbruch lande. Schmerzblitze im Brustkorb, ein Schrei landet dumpf in der Matratze. Versuche zu atmen, tut unheimlich weh. Mit den Zähnen schnappe ich mir ein Rippenbruchstückchen und schiebe es mit der Zunge tief in meinen Mund, bis es an den Gaumen stößt, drücke es heftig dort hinein, drücke und drücke, so lange, bis sich der Schmerz über den anderen legt. Dann rutsche ich auf der Matratze vorwärts und stoße mit der Stirn den Halbgermknödel-Teller von der Kante. Die Vanillesauce sickert in den Bettvorleger. Ich rolle mich runter, lande in der Hocke auf beiden Füßen, strecke einen Arm aus und werfe die Tür mit einem kräftigen Schwung zu.

Die Sonne scheint, scheint sehr. Ich stehe am Fenster, winke dem alten Mann gegenüber. Er sitzt immer nur bei Sonne draußen und raucht. Sonnenraucher, nennen wir ihn, Ma und ich. Ich mag Rentner, keine Ahnung wieso, ist schon immer so gewesen. Vielleicht weil ich selber nie Oma und Opa hatte. Oder besser gesagt: Die haben sich nie bei uns blicken lassen. Wir auch nicht bei denen. Ma hat nie über die geredet, und ich hab sie nicht gefragt, weil ich ziemlich schnell geblickt habe, dass das Thema top secret ist, Secrezien sozusagen. Wenn jemand wissen wollte, wo meine Oma und mein Opa wohnen, hab ich nur gesagt: ›In dem schönen Örtchen Secrezien!‹ Und weil keiner das kannte, hab ich meistens noch ziemlich viel anderen Quatsch hinterhererzählt. Dass das in Österreich ist, dass die da einen Bauernhof mit tierisch vielen Tieren haben, wir in den Sommerferien immer hinfahren und mein Opa mir Reiten ohne Sattel beibringt, und zwar: cowboymäßig mit nur einer Hand, logisch. Das kam bei den Mädels in der Klasse immer Bombe an, weil die ja alle irgendwann diesen krassen Pferdefimmel kriegen, sich aus den Schwänzen von den Pferden eine Strähne rausschneiden und sich in die eigenen Haare reinflechten. Voll eklig, wenn ihr mich fragt, weil das Pferd da hinten ja rauspisst und so weiter, aber na ja, die Girls stehen halt drauf. Ohne Ende hab ich gefaselt, die Bauernhof-Geschichte immer neu ausgeschmückt, bis ich irgendwann selber gar nicht mehr so genau wusste, ob das alles stimmte oder nicht. Wenn ich heute daran denke, kommt es mir eigentlich ziemlich wahr vor, dass ich in Österreich eine Oma und einen Opa habe, die da auf ihrem Bauernhof den Kühen den Arsch abwischen. In Wahrheit weiß ich nicht mal ihre Vornamen, von den echten nicht und von denen aus Secrezien auch nicht. Hab mir auch keine ausgedacht, danach hat einfach nie jemand gefragt. Oma und Opa reicht ja auch völlig. Weiß jeder sofort, was gemeint ist.

Vor fünf Jahren kam dann ein Brief mit einem schwarzen Rand. Im Winter war das, das weiß ich noch, weil Ma, nachdem sie die Karte bestimmt zwanzigmal gelesen hat, im T-Shirt auf den Balkon raus ist. Sicher eine Viertelstunde stand sie da, in der ich krampfhaft überlegt habe, ob ich ihr die Daunenjacke rausbringen soll oder nicht. Aber alles an ihr wirkte so secrezienmäßig, dass ich einfach nichts gemacht hab und wie angewurzelt hinter der Balkontür stehen geblieben bin. Trotz der Kälte war es ein sonniger Tag, und ein leichter Wind ging, und dann, ganz plötzlich, hat Ma beide Arme in die Luft gerissen. Werde ich nicht vergessen, wie sie dort draußen mit nackten Beinen in der Sonne stand, die Arme in der Luft und die Karte in der Hand, die im Wind flatterte, was fast ein bisschen schön aussah. Irgendwann, auch das kam mir wie ne Ewigkeit vor, hat sie die Karte einfach losgelassen, und sie ist davongesegelt, und keiner von uns hat sie je wiedergesehen. Im Herbst darauf kam der nächste schwarz umrandete Brief, und Ma nickte nur ganz langsam, sagte ruhig: »Luis, geh mal für ne Stunde raus.«

Ein regnerischer Tag war das, dicke Tropfen schlugen mir entgegen, als ich aus unserem Block ins Freie trat. Den Reißverschluss von der Jacke hab ich hoch- und die Kapuze auf'n Kopf gezogen. Die Hände in den Pullitaschen stand ich unterm Vordach und hab dem Regen dabei zugesehen, wie er seinen Job gemacht hat: Pfützen füllen, gegen Fenster klatschen, auf die Windschutzscheiben parkender Autos prasseln. Unsere Siedlung sieht bei Regen natürlich noch viel beschissener aus. Ich steh dazu. Hab nix gegen hässliche Sachen. Muss es doch auch geben. Was meint ihr, wie ein normal-hübsches Mädchen hier bei uns in der Siedlung rüberkommt? Im direkten Vergleich zum Block: viel, viel hübscher, als sie in Wirklichkeit ist! Bei uns Jungs funktioniert das auch, klar. Viel besser als in nem beschissenen Park oder so. Ich lass mich doch nicht auf ne Konkurrenzsituation mit nem Rosenbusch ein!

Als ich damals nach ner Stunde wiederkam, stand Ma mit dem Rücken zu mir in der Küche und lehnte in einer ganz komischen Haltung am Kühlschrank. »Deck mal den Tisch«, sagte sie, »ich hab uns was beim Chinesen bestellt«, und wischte sich übers Gesicht. »Willst du auch ein Glas Wein, Luis?«, sagte sie über die Schulter und drehte sich um. Ihre Lippen waren ganz dunkelrot gefärbt, mit glasigen Augen lächelte sie mich an. Das war das einzige Mal, dass Ma und ich uns so richtig zusammen besoffen haben. Ich war ja grade erst zwölf geworden, prostete ihr zu und schrie laut durch die Küche: »MORGEN GEH ICH ZUM JUGENDAMT!« Dann schmissen wir uns weg vor Lachen, und seitdem ist das unser Spruch.

Ma hat mich bekommen, da war sie so alt wie ich jetzt. Sie hat mich gekriegt, damit die aufhören sie zu verprügeln. Richtig viel weiß ich darüber nicht, denn sie hat nur einmal darüber geredet, ein paar Monate ist das her. Ich bin stolz drauf, dass ich dafür gesorgt hab, dass die sie nicht mehr verhauen haben. Obwohl ich ja noch gar nicht richtig auf der Welt war, sondern in Ma drin durchs Fruchtwasser pflügte. Sie hat es nur einmal gemacht mit meinem Vater. Er hieß Daniel oder Manuel, das weiß sie nicht mehr so genau, hat ihn seit damals ja nicht mehr gesehen. Vielleicht ist der auch schon tot oder so was.

»Er war Kampfsportler, genauso stark wie du«, hat sie gesagt. »Hab mir gedacht, ich brauch einen mit kräftigem Sperma, das es gleich beim ersten Mal bis zu meiner Eizelle schafft.«

Sie hat nur noch zu große Pullis angezogen, obwohl's ein voll heißer Sommer war, hat gewartet, bis sie schon zu lange schwanger war, um mich noch wegmachen lassen zu können. Erst dann hat sie's denen gesagt. Die haben sich tierisch aufgeregt, logisch, aber ab da nicht mehr angefasst.

»Dafür werd ich dir ewig dankbar sein, Luis«, hat sie gesagt und an meinem Shirt gezogen, bis meine drei Brusthaare oben rausgeguckt haben. »Bitteschön«, hab ich geantwortet und hätte ihr saugern nen Kuss gegeben. Aber du darfst deiner Ma keinen Kuss geben. Ne Zunge ist nicht drin bei deiner Ma. Nen Kinderkuss hätte ich ihr geben können, einen Schmatzer, der ein Schmatz-Geräusch macht und bei dem die Lippen so zu sind wie abgeschlossene Autotüren. Ich will Ma aber keinen Kinderkuss geben. Ich bin ja kein Kind mehr. Dass ich kein Kind mehr bin, das weiß ich sicher, Leute!

Ich öffne das Fenster, spucke das Rippenbruchstückchen in hohem Bogen raus. Der Sonnenraucher guckt zu mir rüber, steht auf. Ich winke noch mal, und diesmal winkt er zurück. Er drückt seine Kippe aus, streckt sich. Wäre auch gern Rentner, denke ich manchmal, dann hätte ich alles schon hinter mir. Würde auf mein Leben gucken und mich zurückträumen, als ich die ganzen Mädels durchgenudelt habe mit meiner Nudel, die dann nur noch eine viel zu weich gekochte Nudel wäre. Al dente, das war mal.

Ich atme tief durch, die Tabletten wirken. Schließe das Fenster und hebe beim Rausgehen den Teller vom Boden auf. Den halben Knödel kicke ich zusammen mit dem Bettvorleger unters Bett. Der Rippenbruch bleibt, wo er ist.

Draußen im Flur schlüpfe ich in Milans Turnschuhe, sind mir zu groß. Ich schüttele sie ab und steige in meine. Ein paar Sekunden bleibe ich vor der Küchentür stehen, nichts zu hören, räuspere mich, bevor ich öffne. Milan und Ma sitzen am Tisch, er auf der Bank, sie auf dem Stuhl gegenüber. Zwischen ihnen ein leerer Teller mit Vanillesaucenrest. Sie schauen mich an.

»Ich geh zur Wiese. Kommst du mit?«, sage ich mit Blick auf Milan. Er hat ein bisschen Mohn im Mundwinkel, legt seinen Löffel in den Teller. Es ist mein alter Kinderlöffel.

»Ich komm nach«, sagt er ruhig.

»Alles klar.« Ich stelle den Teller klirrend in die Spüle.

»Doch noch Hunger gehabt?«, fragt Ma.

»So ungefähr. Bis später also«, murmele ich und schaue dabei zu Milan. Wende mich um, will los.

»Gehen wir Wetten?« Milans Stimme ist ruhig wie eben.

Ich drehe mich blitzschnell um und schaue zu Ma. Die kratzt mit dem Kinderlöffel den Saucenrest vom Teller, und ich gucke zu Milan, schüttele schnell den Kopf in ihre Richtung. Hab's ihr nie erzählt, also von den FW. Fände sie eher halb gut, dachte ich.

»Ich weiß davon, Luis«, sagt sie und schiebt sich den Löffel in den Mund. Sie sieht mich an. Ich blinzle, schaue auf den Boden, aber gleich wieder hoch. Ma leckt den Löffelstiel ab, den Zwerg und die Blume.

»Geht mich nix an. Mach nur.« Sie legt den Löffel zurück auf den Teller. »Tschüss«, sagt sie, »du kleiner Superstecher!«

Der Spielplatz wimmelt von Kurzen. Ich schrabbe mit dem Schlüssel die Wand von unserem Block lang. Hab nie Autos zerkratzt. Ist voll kindisch. Nicht mal Allans Audi hab ich zerkratzt. Auch dann nicht, als mit Ma längst Schluss war, er aber den Audi immer noch gut sichtbar unten auf den Parkplatz stellte. Drei Monate hat er das gemacht, jeden Abend. Ungelogen, jeden Abend. Lehnte an der Kühlerhaube, rauchte. Schnippte die Kippe in Richtung unseres Balkons, auf dem ich stand und runterschaute. Ich war auf halber Strecke mit dem HA-Training damals, aber ich hielt es immer zehn Minuten aus. *Wenn du zehn Minuten aushältst, bist du ein Mann. Wenn du vorher abbrichst, bist du kein Mann.* Der Trainer hatte recht. Irgendwann zog Allan ab, der Audi rollte davon, und ich war ein Mann.

»Weißt du«, Jablonski wischt sich eine seiner letzten Strähnen aus dem Gesicht, »ich kann hier nicht weg. Ist meine Heimat, und Heimat ist wichtig. Wenn du keine Heimat hast, hast du wenig im Leben. Dann bist du ein Busch ohne Wurzeln. Sagt man das so?«

Er schaut zu mir. Ich nicke. »Baum«, sage ich.

»Genau.«

Ich sitze auf einem Pflock vor Jablonskis Schuppen und versuche mit ausgestrecktem Fuß an einen am Boden liegenden Apfel ranzukommen. Die Bewegung schmerzt, aber nur leicht. Die Tabletten wirken gut.

»Weißt, was ich meine.«

Ich nicke wieder. Erwische den Apfel mit der Schuhspitze, rolle ihn langsam zu mir.

»Die sind dumm. Drohen mir mit Anwälten. Können mir nix, hab keine Angst vor denen.«

Ich versuche den Apfel zwischen die Turnschuhe zu klemmen und hebe ihn zu mir hoch. Kurz bevor ich ihn mit der Hand schnappen kann, fällt er wieder runter und rollt ein Stück weg.

»Ist wichtig, keine Angst zu haben, das Allerwichtigste. Aber weißt du ja, Lulu, bist mutiger Junge. Hast nie volle Hose.«

Ich strecke wieder ein Bein nach dem Apfel aus, fixiere ihn mit den Schuhen. Jablonski, der auf einem ausgebauten Autositz hockt, wendet sich nach rechts und schnappt sich einen Bremsklotz. Er streicht mit den Händen darüber. Der Apfel fällt runter, kurz bevor ich ihn greifen kann, und rollt bis vor seine Füße. Er bückt sich ächzend, hebt ihn auf und pustet den Staub weg, wischt ihn an seiner Hose ab.

»Hier«, sagt er und hält ihn mir hin. Als ich ihn nehmen will, zieht er die Hand weg, lacht. Sein schwarzer Zahn sieht aus wie eins der Rippenbruchstückchen.

Er legt den Kopf schief und mustert mich.

»Alles klar bei dir?«

Ich nicke.

»Bist du blass!« Hält mir den Apfel wieder hin. »Komm schnell: Vitamine, Vitamine.«

Er hat viele dunkle Druckstellen, überall haben sich Steinchen durch die Schale ins Fleisch gedrückt. Ein kleines Wurmloch neben dem Stiel. Ich beiße rein.

»Wie geht's in der Schule?«

»Schule?«

»Ja, Lulu. Läuft's?«

»Schule is egal.«

Jablonski lacht. »Und wo ist Milan?«

Er betrachtet den Bremsklotz, wiegt ihn zärtlich in den Händen. Greift in seine Hosentasche und zieht einen sehr schmutzigen Lappen raus. Ich kaue, die Steinchen knirschen beim Draufbeißen. Jablonski fängt an, den Bremsklotz mit dem Tuch zu reiben.

Ich zucke die Schultern. »Keine Ahnung.«

»Wie?« Er schaut kurz hoch. »Ihr seid doch immer zusammen. Streit?«

Ich beiße ein großes Stück ab, kaue, betrachte den Apfel genauer. Ein kleiner Wurm steckt zur Hälfte im Fruchtfleisch, die andere windet sich in der Luft hin und her.

»Kommt gleich«, sage ich und beiße vorsichtig das Stück mit dem Wurm heraus. Ich lege es mir auf die Zunge. Der Wurm bewegt sich, das kitzelt ein bisschen.

»Ihr zwei!« Jablonski lacht.

Ich presse das Apfelstück fest gegen den Gaumen, zehn, zwanzig Sekunden lang.

»Milan ist gar kein polnischer Name, hast du gewusst?«, sagt er.

Ich suche mit der Zungenspitze nach dem Würmchen. Bewegt sich nicht mehr.

»Viele Tschechen heißen so und oft auch Jugos.«

Ich wiege das Apfelstückchen mit dem toten Wurm drin auf meiner Zunge.

Jablonski lacht. »Vielleicht redet er deshalb nie Polnisch mit mir. Vielleicht ist der gar kein Pole!«

Ich schiebe das Apfelstückchen in die Backentasche und sage: »Klar ist Milan Pole. Also ein halber, mein ich. Red keinen Scheiß, Jablonski!«

»Woher weißt du das? Hast du ihn schon mal reden gehört?«

Ich schiebe das Stückchen in die andere Backentasche.

»Ja, klar! Also, nein, hab ich nicht. Aber Milan ist Pole!«

»Soso.«

»Du weißt, warum er nicht mehr polnisch spricht. Kennst doch die Geschichte!«

»Ja, die Geschichte kenn ich. Ich kenn viele Geschichten.«

Er schaut von mir weg und zum Bremsklotz, ein Lächeln um die Mundwinkel.

Ich spucke das Apfelstückchen in hohem Bogen aus. Das sticht. Halte mir die linke Seite, atme flach.

»Was ist?«, fragt Jablonski und sieht auf.

»Nix, alles gut.«

Er guckt misstrauisch.

»Kleine Sportverletzung«, schicke ich hinterher.

»Junge, Junge«, sagt er und schüttelt den Kopf. »Brauchst du deine Knochen. Sei lieb zu ihnen. Streichel sie jeden Tag. Geht auch durch die Haut, glaub mir. Aber nicht nur den einen da unten.« Er zieht einen Mundwinkel zu einem Grinsen nach oben, lacht sein kehliges Lachen.

Ich schaue auf die Hauptschabestelle an meinem Unterarm. Leicht gerötet ist die. Streiche mit dem Finger drüber, prüfe, ob es einen Unterschied zum anderen Arm gibt, denn dort ist ein Fleck, den ich immer auslasse, weil da ein Muttermal ist. Ich kann keinen Unterschied erkennen. Durch die Rötung an der Hauptschabestelle ist die Sicht eigentlich sogar noch schlechter. *Wird schon, bleib ruhig*, sagt der Trainer. Wird nicht, denke ich und beschließe, mit dem Schaben aufzuhören. Kutteltritt. Ich zucke zusammen, aber an meinem Entschluss ändert das nix. Der Trainer kotzt. Soll er. Ich fresse in der Zwischenzeit meinen Apfel!

Jablonski reibt in gleichmäßigem Rhythmus mit dem Tuch über den Bremsklotz, summt vor sich hin. Weiter hinten auf der Wiese fläzen ein paar Kurze unter den Bäumen im Gras, Nutella steht ein paar Schritte entfernt in der Sonne. Eins der Mädchen läuft zu ihr rüber, schmiegt sich an ihren Bauch.

Der Apfel ist Geschichte. Nur den Stiel lasse ich übrig, mache ich immer so. Manchmal bekomme ich Verstopfung davon. Wegen dem kleinen Häuschen in der Mitte. Da, wo die Apfelkerne wohnen.

»Wie geht's deiner Mutter?« Er sieht zu mir hoch.

»Gut.«

»War lange nicht hier.«

»Kann sein.«

Er lächelt. »Hat viel zu tun?«

Ich trete mit der Hacke gegen den Pflock. »Genau.«

Jablonski spuckt auf das Tuch. Lehnt sich nach rechts und hält eine Hand über die Augen.

»Schau«, sagt er, »wenn man mit dem Teufel spricht.«

»Wenn man VOM Teufel spricht«, sage ich wie automatisch und zucke zusammen. Ich drehe mich um. Ma und Milan sind gerade um die Ecke gebogen. Ich schaue schnell wieder nach vorn, rutsche vom Pflock runter. Jablonski pfeift. Lachend schwenkt er den Bremsklotz über seinem Kopf hin und her, winkt ihnen damit zu.

»Wie geht's, Zuza?«

Er ist aufgestanden, reicht ihr seine schwarz verschmierte Hand. »Habe grade schon deinen Sohn gefragt. Aber ich muss ihm Würmer aus der Nase ziehen heute.«

Er fährt mit der Hand über meinen stoppeligen Kopf, das macht er gern.

»Gut geht's«, sagt Ma und lächelt. »Und dir?«

»Immer gut. Weißt du ja.«

Jablonski streicht sich wieder die Strähne aus dem Gesicht, und kurz sieht er aus wie jemand, der mal jung gewesen ist. Wie ich. Wie Milan. Oder wie Ma.

Ma tätschelt Jablonskis Backe.

»Ich weiß«, sagt sie. »Ich lass dir die Jungs hier, okay?«

Jablonski nickt, dreht blitzschnell den Kopf und beißt ihr in die Hand. Ma springt lachend einen Schritt zurück.

»Macht's gut«, sagt sie und streift kurz Milans Arm dabei. Geht los, am Zaun entlang, an Nutella vorbei, die ihr nachschaut. Dreht sich nicht noch mal um, bevor sie die Steinstufen zum Fluss runtergeht und verschwindet.

Milan und ich lehnen jeder an einem Pflock. Jablonski poliert den Bremsklotz, er pfeift ein Liedchen. Schließlich sucht er mit einer Hand die Taschen seines Overalls ab, zieht den Flachmann raus. Ein leise blechernes Schaben ist zu hören, als er den Verschluss aufdreht. Drei Schlucke, immer nur drei. ›Disziplin ist wichtig‹, sagt er oft, ›auch beim Saufen!‹ Er verstaut den Flachmann wieder, dann wird es still. Die Schreie und Rufe der Kinder aus der Hollinger, der Lärm von den Straßen dringen kaum zu uns herüber. Ist immer schön still hier. Als Kurzer kam ich deswegen her. Oder weil Ma mir sagte: ›Geh zum Pony!‹ Das machte sie, wenn sich ein Streit anbahnte mit Allan. So fing alles an mit Nutella und mir.

Milan neben mir dreht.

»Hast du Feuer?« Er schaut geradeaus.

Ich reiche ihm das Feuerzeug rüber ohne hinzusehen. Das leise Knistern des runterbrennenden Blättchens, früher eins meiner Lieblingsgeräusche. Ab und an schaut Jablonski hoch. Mustert uns skeptisch, spuckt auf sein Tuch und poliert weiter.

Ein Jaulen ist zu hören. Wir drehen uns um. Die Jungs marschieren an, Marco treibt sie vor sich her. Kurzer Blickwechsel mit Milan, er nickt mir zu. Als sie bei uns ankommen, strecke ich schnell einen Arm nach Marco aus, halte ihn am Shirt fest. Die Jungs besetzen die vier übrigen Pflöcke in Schuppennähe, erst dann lasse ich ihn wieder los.

Marco steht mit hängenden Armen da.

»Du nimmst meinen«, sagt Jablonski und erhebt sich vom Autositz. »Ich muss sowieso rein, Jungs. Die Arbeit ruft.« Er klopft im Vorbeigehen auf die Motorhaube von einem Audi mit übel zersplitterter Frontscheibe und schlurft in den Schuppen.

Der Sitz ist alt, breitgesessen, wird Marco nicht aushalten. Er bleibt stehen. »Gehen wir?«, sagt er ungeduldig. Aber Milan schüttelt den Kopf, nimmt seinen letzten Zug und schaut zu mir.

»Ich gehe vor. Du erzählst ihnen alles.«

Milans Blick, weiß nicht, wie er das macht, nagelt mich fest: »Verstanden?«

Ich nicke.

Er schaut in die Runde. »Wir treffen uns in einer Stunde vor der Kirche.« Stößt sich vom Pflock ab und ist weg.

»Wo bleibt Milan?« Marco tritt ein letztes Mal gegen die Bank und lässt sich drauffallen.

»Der kommt gleich.« Ich schaue in die Sonne.

»Mir ist heiß. Ich geh sonst in die Kirche, wenn der nicht gleich kommt!« Marco dampft.

Ich schicke einen warnenden Pfiff durch meine Lücke, ohne den Blick zu senken. Der Trainer sagt: *Nicht blinzeln!* Das funktioniert ganz gut. Ein Nicht-Blinzeln-Training hab ich vor ungefähr sechs Jahren schon mal wegen Allan absolviert.

Die Sonne hämmert vom Himmel auf meine Netzhaut ein. »Niemand geht rein. Wir warten draußen, wie wir's abgemacht haben«, sage ich ruhig.

»Deswegen war die Saison so für'n Arsch bis jetzt. Scheiß Polacke!«

Marcos Stimme hackt in das grelle Leuchten hinein. Ich schaue schnell zu ihm, er ist verschwunden. Ein abwechselnd schwarz und weiß flackernder Fleck sitzt an seiner Stelle auf der Bank. Ich beuge mich vor und gebe einen kurzen, kräftigen Schlag Richtung Fleck ab.

»Hört auf!«

Milans Stimme klingt rauer als sonst. Ich drehe mich um, auch er ein schwarz-weiß flackernder Fleck, unten schauen seine Beine raus. Ich halte aus, warte, bis das Flackern Milans Arme, Brust und schließlich den Kopf freigibt. Er sieht zu Marco, dann in die Runde, seine Hand steckt umständlich in einer seiner Gesäßtaschen. Alle senken nacheinander den Blick.

»Lasst uns gehen«, sagt er und nickt mir zu.

Wir gehen hintereinander her. Milan, ich und die Jungs, Marco als Letzter. Er ist die Nummer drei normalerweise, heute ist er wegen der Polacken-Sache nach hinten strafversetzt. Wir gehen am Fluss entlang. Es stinkt. Nach Pisse, nach toter Ratte. Milans Hinterkopf ist wie immer Milans Hinterkopf, und ich starre drauf, halte mich daran fest, wie ich es sonst auch mache, warte auf den Beruhigungseffekt, der einsetzt, wenn ich Milan in meiner Nähe weiß. Heute klappt es nicht. Ich schaue zum Fluss und merke, der stinkt, stinkt wirklich und wie noch nie. Mir wird schwindelig davon, so schwindelig, dass ich einen Arm nach Milans Sleeve ausstrecke, um mich daran festzuhalten, aber der Trainer bremst die Bewegung ab, führt meinen Arm zurück, lässt die Hand nach meinem T-Shirt greifen und es hochziehen, bis über die Nase, bis knapp unter die Augen. Ich bin zurückgefallen, einer der Jungs hat mich überholt, hat die Lücke geschlossen, denn Lücken sind verboten, absolut verboten, und er schaut über die Schulter zu mir, sieht meine Schritte schneller werden und weicht sofort nach rechts aus, lässt mich vorbei, reiht sich wieder hinter mir ein, als ob nichts gewesen wäre. Ich wende mich um, ein »Danke« durchdringt widerstandslos den T-Shirt-Stoff.

Der dünne Richy am Eingang. Ich lege das Eintrittsgeld hin, ohne ihn anzusehen. Wir gehen schweigend zu unserem Platz unterm Baum, ziehen uns aus. Milans Arm, der Richtung Becken weist. Kopf unter Wasser. Der Schwindel ist jetzt ganz weg, sinkt zum Grund, lässt mich in Ruhe, bis er mit mir zusammen wieder auftaucht. Die Geräusche kommen zurück, ich treibe auf dem Rücken, versuche die Ohren unter der Oberfläche zu halten.

Milan sucht sie aus. Rote Haare, helle Haut, ziemlich dürr. Sommersprossen überall in ihrem Gesicht, auch auf den Schultern, die aus dem Wasser schauen. Ich umrunde sie schwimmend, während Milan, Marco und die Jungs sich am Beckenrand postieren. Vor ihnen kreiselnd im Wasser Zehner-Scheine, vor Milan ein Zwanziger.

Es dauert nicht lang. Sie geht gleich mit. Muss ihr keine Fanta vom Kiosk holen, die dem Gewinner-Team später vom Preisgeld abgezogen wird. Ich spüre die zufriedenen Blicke der Jungs im Rücken, als ich mit ihr den Weg Richtung Umkleiden einschlage. Sie fühlen sich sicher: sieht nach Jungfrau aus, ich weiß.

Lügen ist nicht drin. Ich hab eine Ehre als Ficker. Aber ich muss auch nicht, es klappt. Nehme ein rotes Schamhaar mit zum Beweis. Stecke es mir rechts zwischen Schneide- und nächsten Zahn, knie mich vor den Jungs hin und ziehe nur den rechten Mundwinkel hoch. Sie sind geschlagen.

Milan legt eine Hand auf meine Schulter, als ich erzähle, während die Jungs an meinen Lippen hängen. Die Hand ist kalt vom Schatten. Er lässt sie länger da als sonst, bis ich mich weit und weiter vorbeuge. Da rutscht sie weg.

Wieder ist mir schwindelig, ein leichtes Ziehen in der Brust. Ich suche in unserem Klamottenberg nach meiner Jeans, die Tablettenpackung steckt in einer Hosentasche. Milan schickt Marco mit einem Zehner vor zum Imbiss. Der Gewinner spendiert, das stabilisiert die Laune. Ich gehe rüber zu den Duschen und spüle die Tablette mit dem Strahl kalten Wasser, der in meinen Mund schießt, den Hals runter. Zurück auf dem Handtuch lege ich mich vorsichtig hin, finde aber keine gute Position.

Marco kommt zurück, drei Pommes-Schälchen in den Händen balancierend. Ich überprüfe die Höhe der Pommes-Türme, wie Ketchup und Mayo sich darauf verteilt haben, ob Pommes fehlen. Ein letzter misstrauischer Blick in Marcos Richtung, aber er schaut mich ohne zu blinzeln und sehr gerade an, und so mache ich eine Handbewegung in die Runde: Buffet eröffnet!

Als wir fertig sind, stellt sich Milan neben mich. Sein Finger zeigt auf eine Baumgruppe weiter rechts. Er flüstert mir was ins Ohr, die Jungs beugen sich zu uns rüber. Ich nicke und stehe auf. Gehe ein paar Schritte, drehe mich noch mal um: »Die mit dem Gestreiften?«

Milans Lippen formen ›Ja‹.

Es dauert länger diesmal, eine Cola und ein Eis stelle ich vor sie hin ins Gras. Lege mich neben sie, schiebe von hinten einen Finger unter den Verschluss ihres Bikini-Oberteils.

»Bloß geblasen«, murmele ich, als ich zurück bin. Und die Jungs grinsen. Nur die Hälfte vom Einsatz ist diesmal weg. Nur die Hälfte vom Fame für mich.

Milan schaut mich nicht an, hält Marco einen Fünfer hin. Soll Colaschlangen holen. Ich stütze mich am Baum ab, scheiß Schwindel. Als er zurück ist, zähle ich nach, Geld und Schlangen, dann kippe ich sie aus der Tüte auf eins der Badetücher. Mein Schwanz tut ein bisschen weh, nicht alle sind gute Bläserinnen. Ich lege mich vorsichtig auf die Seite, aber die Tablette hat längst zu wirken begonnen, lasse meinen Blick über den Rasen schweifen, bis nach hinten zu den Privatkabinen. Niemand hat so eine Kabine! Niemand, den ich kenne, außer Jablonski natürlich, der bunkert da seinen Schnaps drin. Rechts von den Kabinen aalen sich die Schwulen in der Sonne, glatt rasiert und glänzend wie Bremsklötze nach dem Polieren. Weiter links fläzen die Rentner auf Klappstühlen oder Liegen. Die kommen vom Rasen einfach nicht mehr hoch, wenn sie sich mal hingelegt haben. Denen gehören auch die Kabinen, die geben die nicht her, höchstens wenn sie abtreten. Die schwenken die Schlüssel schon draußen vorm Eingang hin und her, damit jeder sehen kann: Ich hab eine! Auch ein paar Kinder springen da rum, Enkel-Alarm. Manchmal rennen die rüber zu den Glattrasierten, und die Alten zerren sie wieder zurück. Ich nicke weg. Träume von Wassermassen, von einem großen Luftballon, der sich auf mein Gesicht drückt.

»Noch eine.« Milans Stimme bringt den Ballon zum Platzen.

Ich richte mich benommen auf, sein Finger zeigt mir den Weg. Ich befühle meinen Schwanz durch die Shorts. Er hat sich nicht erholt, ich zögere. Der Trainer nickt mir zu, er findet, das muss mein Schwanz noch hinkriegen.

»Was?«, fragt Milan mit dem Klappmesser-Blick.

»Ich glaub, ich kann noch nicht wieder.«

Kutteltritt vom Trainer.

»Wie bitte?«, sagt Milan.

»Er braucht noch 'n bisschen Pause.« Ich deute schwach grinsend auf meine Shorts.

»Du kannst!« Ratsch, ich bin durch.

»Milan, echt. Ich glaub nicht.«

Sein Arm schnellt in die Höhe, streift klatschend meine Backe, als er auf das Mädchen zeigt. Ich gehe los.

Anschließend stehen wir oben, sie und ich, lehnen mit überkreuzten Armen auf dem Geländer, schauen runter auf den wimmelnden Rasen. Ich breitbeinig, es geht ihm nicht gut. Brennt, versuche Luft dranzulassen. Sie kichert, und ich schaue zu ihr rüber. Hat einen roten Badeanzug an, ist dunkel gebräunt an Armen, Beinen und im Gesicht. Aber die Titten, der Bauch, der Rücken: alles ganz weiß.

»Schau mal«, sagt sie und leckt mit der Zunge das Geländer ab, »traust du dich das?« Sie kichert: »Bakteeeeriiiieeennnn.«

Ich gehe langsam zurück, drehe mich noch mal um. Sie steht oben, winkt kurz. Leckt wieder übers Geländer und lacht. Hinter ihr die orangen Türen der Umkleiden, vollgetaggt, vollgespritzt: Ketchup und Sperma.

Als ich bei den Jungs ankomme, fehlt Milan. Marco liegt auf dem Bauch, schaut zu mir hoch. Ich hebe matt, aber entschuldigend die Arme, und er lässt seinen Kopf aufs Handtuch fallen, schlägt mehrmals mit der Stirn auf den Boden.

»Erzähl«, sagt er, aber ich schüttele den Kopf. Bin müde.

Ich sammele die Scheine ein. »Wo ist er?«

Die Jungs legen sich gleichzeitig hin.

»Wer?«, fragt einer

»Wer wohl, Hohlbirne.«

»Milan?«

Ich räuspere mich ungeduldig.

»Der ist hinten.«

»Hinten?«

Marco liegt noch immer platt da. Trockenschwimmen im Bauchfett. Er hat den Kopf von mir weggedreht.

»Wo hinten? Bei den Schwulen?«

Marco murmelt was, aber ich kann ihn nicht verstehen.

»WIE BITTE, FEDER?« Ich stoße mit dem Fuß in seine wabbelige Flanke.

»Bei deiner Ma, Mann!« Er rollt sich weg.

Mit schnellen Schritten gehe ich über den Rasen. Kleine Kinder fegen um mich herum, sie kreischen, spielen Fangen. Ich schubse ein Mädchen grob zur Seite, es fällt hin, fängt laut an zu weinen. Eine Frau weiter vorn springt auf, sie läuft auf mich zu. »Spinnst du!«, schreit sie und reißt mich am Arm, aber ich gehe einfach weiter.

Das Freibad ist groß, das größte der Stadt, trotzdem ist es knallvoll. Kleine Hügel überall, auf denen massig

Leute liegen. Ich kneife die Augen zusammen und suche den Rasen vor den Privat-Kabinen ab. In der Mitte, zwischen Rentnern und Schwulen, ist ein kleines bisschen Platz für wechselnde Besucher, und da sehe ich sie. Sitzen nebeneinander auf einem Handtuch. Ist das große, das mit den Palmen drauf und dem Sonnenuntergang. War meins als Kind. Ich bleibe abrupt stehen, mein Herz wummert einmal heftig von innen gegen den Brustkorb. Ein paar Schritte weiter rechts stehen die Mülltonnen. Ich gehe rüber, hocke mich dahinter, beobachte sie. Aber sie sitzen einfach nur da. Milan raucht, ab und an gibt er Ma die Kippe, und sie zieht dran, lässt den Rauch durch die Nase raus, wie er.

»Was machst du da?«

Die eine von eben. Die mit dem Badeanzug. Pommes in der Hand, ist sie stehen geblieben, sieht lachend zu mir. Ich stehe langsam auf, mache eine wegscheuchende Geste mit der Hand.

»Wie bitte?«, sagt sie.

»Hau ab!« Ich schaue sie nicht an, fixiere weiter Ma und Milan.

»Du Ficker!«, sagt sie und schleudert die Pommes gegen meinen Arm.

»Du hast es erfasst.«

Weil sie stehen bleibt, überziehe ich mein Gesicht mit dem Zwei-Sekunden-Mörderblick. Sie verschwindet.

Milan drückt gerade die Zigarette aus, als Ma sich zu ihm rüberbeugt, ihm was ins Ohr flüstert. Er hört genau zu und fängt plötzlich an zu lachen. Hab ich noch nie gesehen, Milans Lachen. Er ist immer ernst. Ernstsein und Chefsein, das ist Pflicht, dachte ich, das gehört zusammen und muss man irgendwie hinkriegen. Der Lieblingspfiff durchschlägt den dröhnenden Lärmpegel des Schwimmbads. Und dann lacht Ma auf eine Art, die die Tablette von einem Moment auf den anderen aus meinem Körper spült: Schmerzstiche hämmern in meiner Brust. Der Trainer holt die Trillerpfeife raus. Bevor er hineinstoßen kann, laufe ich los.

»Ach hallo, da bist du ja!«, sagt Ma, hat die Sonnenbrille auf.

»Seit wann bist du da?« Stich. Ich schaue nur Ma an, hab die Sonne im Gesicht.

»Noch nicht lang. Du warst nicht bei den anderen, als ich gekommen bin.« Stich.

»Ja, genau. Hab gearbeitet.« Blick zu Milan.

»Gearbeitet?« Sie lacht. »Ich geh gleich ins Wasser. Da hätte ich nach dir geschaut.« Stich.

Ich starre sie an.

»Kommst du mit schwimmen, Meise?«

»Nein!«

»Okay, Meise.«

Besonders starker Stich. Ich beuge mich vornüber.

»Was hast du denn?«, fragt Ma.

Richte mich wieder auf: »Nichts.« Stich.

»Die Prellung?«

»Ja.« Stich, Stich.

Ma rutscht ein Stück zur Seite. Zwischen ihr und Milan ist jetzt eine Lücke.

»Komm, setz dich mal, du bist ganz blass.«

»Nein!« Stich, Stich, Stich.

»Meise, komm.«

»Nenn mich nicht Meise!« Stichlawine. Mir wird schlecht.

»Okay«, sagt Ma und schiebt ihren Po zurück, die Lücke schließt sich wieder. *Nicht kotzen*, sagt der Trainer.

Schweigen. Milan macht sich eine neue Kippe an, die sie ihm aus der Hand nimmt, einmal daran zieht, sich dann langsam nach hinten ins Gras sinken lässt.

Das Kotzenmüssengefühl besiegt. Ich drehe mich um, mache einen Schritt, bleibe stehen.

»Kommst du?«, sage ich zu Milan.

Er nimmt Ma die Kippe aus der Hand, inhaliert. »Ich bleib hier.«

»Was?«

Stößt den Rauch aus. »Ich bleib hier.«

»Was soll das heißen?«

»Was das heißen soll?« Er lacht. Schon wieder lacht der!

»Das soll heißen, dass ich hierbleibe.«

»Heißt das, du kommst nach?«

»Nein, das heißt: Ich bleib hier.«

»Du kommst nicht nach?«

»N-e-i-n, L-u-i-s«, er betont jedes Wort extra deutlich, »i-c-h k-o-m-m-e n-i-c-h-t n-a-c-h.«

Ich merke, wie mir das Blut in den Kopf schießt. »I-c-h b-l-e-i-b-e h-i-e-r.«

»Was?« Jetzt lache ich. »Für immer, oder was?«

Milan steckt sich die Kippe in den Mundwinkel und verschränkt die Arme vor der Brust.

Ich mache einen Schritt auf ihn zu. »Du kommst jetzt dahin mit!«

Ich zeige hinter mich, in die Richtung, wo unser Platz

ist, wo, seit ich FREIBAD buchstabieren kann, unser Platz ist, wo die Jungs sitzen, unsere Handtücher auf dem Rasen liegen, unsere Rucksäcke und unsere Badelatschen.

»Wie bitte?«, sagt Milan ruhig.

»Du musst jetzt mitkommen!« Eine Hand zur Faust geballt, schlage ich Richtung Boden.

»Ich muss gar nix«, sagt er noch ruhiger.

»Doch!« Jetzt mit beiden Fäusten. »Du bist der Chef, und deshalb musst du mitkommen!« Meine Stimme ist kurz davor, sich zu überschlagen.

»Du sagst mir, ich muss mitkommen, sehe ich das richtig?«

»Ja!«

»ICH bin also hier der Chef und DU sagst mir, dass ich mitkommen MUSS?« Er lacht. »Dann bist wohl eher du der Chef!«

»Milan, ich mein doch-«

»DU bist der Chef, Luis!«

»Was?«

»Wenn du mir sagst, was ich machen soll, bist ganz klar du der Chef.«

Die Sonne rotzt mir ununterbrochen Hitze ins Gesicht.

»Ich bin raus, du bist drin!«

Ich starre ihn an. Ma hat sich wieder aufgesetzt, in ihren Brillengläsern spiegeln sich meine nackten Beine.

»Ganz klar: Du bist der Chef!«, ruft er laut. Die Rentner, die Glattrasierten drehen ihre Köpfe zu uns.

Ich öffne den Mund und schließe ihn wieder. Milan drückt die Kippe im Gras aus. Er lehnt sich zurück, schaut an mir vorbei. Mas Sonnenbrillengläser auf mich gerichtet. Sie lächelt. Hab es lang nicht mehr gesehen, dieses Lächeln. Ist das Lächeln von hinter der Windschutzscheibe. Damals an den Autobahnraststätten.

Jemand fasst mich an der Hand. Ein kleiner Junge steht neben mir, zeigt auf meinen Arm. »Du! Ich glaub, du blutest da.«

Ein glänzender Ketchupfleck in der Sonne.

Weiter vorn sitzen die Jungs unter unserem Baum. Sie haben die Shorts über die Köpfe gezogen. Nur Marco schaut mir entgegen, als meine Schritte auf sie zu schneller und schneller werden.

Es gibt das Stoßen, und da bin ich gut. Ein Stoß ist bei mir so hart, dass er zwei Stöße zählt. Zwei Stöße sind vier. Und vier sind acht.

Jennys Kopf hämmert gegen die Metallkringel am Kopfende ihres Bettgestells. Ich richte mich auf, hebe beide Hände vors Gesicht. Plötzlich das Gefühl, als ob mir jemand erst die Faust, dann den ganzen Arm in den Mund steckt, ihn die Luftröhre abwärts bis in meine Lunge schiebt.

Blutiger Flügel, zittert im Wind. Spatzen sterben genauso schnell wie Meisen. Der Flügel wischt über mein Gesicht. Wieder. Und wieder. Bekomme keine Luft. Kein Vogel schmeckt so süß wie sie.

Jenny hat sich auf meinen Rücken gelegt, sie ist ein weicher, fleischiger Flatschen. Streicht mir über die Haare, ich lasse sie. Ich hab nen Anfall, und das noch vor Sonnenuntergang!

Wir schwitzen, Jenny klebt.

»Du Ofen«, sagt sie und lacht, schnurrt dann wie ein Kätzchen. Das macht sie oft nach dem Ficken. Weichgefickt, zahmgefickt hab ich sie. Aber heute stimmt's nicht, ist ne Lüge. Der Anfall hat alles versaut, hat ihr Kommen versaut und meins auch. Hat einfach alles kaputt geschlagen, den Aufbau zerstört, der ja mein Liebstes ist, der schöne Fickaufbau, und der ist jetzt im Arsch.

»Hör auf!« Ich haue mit meinem Hinterkopf einmal kurz gegen Jennys Kinn. Ich weiß, sie hat's für mich gemacht, für mich geschnurrt. Ein Fake-Schnurren, weil sie mir helfen will. Ist fast schlimmer als ein Fake-Kommen, als hätte ich keinen hochgekriegt. Ich mache nen Buckel und werfe sie von mir runter. Sie bleibt neben mir liegen, rollt sich ein. Schon wieder Kätzchen.

»Hör auf«, sage ich leise.

Es gibt beim Ficken Fakten, an denen kein Weg vorbeiführt. Erstens: Er muss knallhart sein, ein halbharter Schwanz kommt nicht infrage, dann stimmt was mit der Erregung nicht, die muss überprüft und zur Not muss abgebrochen werden. Zweitens: Stöße müssen immer mitgezählt werden, vom ersten bis zum letzten darf keiner durchrutschen, auch kurz vorm Kommen darf kein Stoß verloren gehen, das ist schwer, sauschwer, muss ich keinem von euch erklären, was kurz vorm Spritzen los ist in der Stube. Drittens: Der erste Stoß muss eine Marke setzen, eine, die zählt, die die Latte hoch hängt. Von der gehst du aus und noch wichtiger: nie wieder zurück!

Jenny schließt die Augen. Sieht voll hübsch aus so. Manchmal klemme ich ihre Wimpern unter jeweils einem Finger fest, damit sie die Augen zu behält. Schaue sie ganz in Ruhe an, die hellen Brauen, die kleine Narbe rechts neben dem Mund, Sommersprossen auf Stirn und Nase. Das Wimpernfesthalten ist ein schönes Gefühl.

Wimpern sind ja eine Sache am Körper, die man dauernd anschaut, aber eigentlich nie anfasst. Jenny macht immer Schminke auf ihre, richtig viel, und so, dass sie verklumpen, aus vielen einzelnen Härchen kleine dicke schwarze Bündel werden. Wenn ich sie wieder loslasse, hab ich schwarze Kleckse auf den Fingern, wie Meisen-Fußabdrücke sehen die aus, ohne Scheiß jetzt. Manchmal hab ich einen davon auch auf meinem Unterarm, wenn sie drauf eingeschlafen ist. Den lasse ich den ganzen Tag dran, passe auf, dass kein Wasser hinkommt, dass ich nicht zu viel schwitze. Vor dem Einschlafen schaue ich mir den dann an. Er ist der Beweis, dass ich bei Jenny war. Dass es Jenny gibt und mich auch. Wenn ich an solchen Tagen die Untergangsscheiße hinter mich gebracht habe und in meinem stockdunklen Zimmer liege, bin ich mir nämlich gar nicht sicher, ob es mich noch gibt. Dann stehe ich kurz auf, mache das Licht an, schaue auf den Wimpernfleck, und weiß es wieder.

Ich schiebe einen Finger in Jenny rein, das mache ich sehr gern bei ihr, ihre Muschi beruhigt mich. Ist vielleicht so wie bei Babys, denen man den Schnuller reinsteckt.

»Kannst du mir was erzählen?«

Sie schnurrt wieder, fährt mit einem Finger in mein rechtes Nasenloch. »Was denn?«

»Egal. Irgendwas.«

»Hm«, sagt sie und überlegt.

Schlaffi-Erststöße sind absolut untersagt. Es ist völlig klar, dass am Ende jeder Stoßrhythmus hochgeht, aber du brauchst eine gleichbleibende Qualität beim Ficken, es muss ja eine schöne Steigerung geben und ein gutes bis sehr gutes Niveau bis zum Schluss. Ich fange zum Beispiel immer mit Missionar an, weil ich so die erste Stoßmarke optimal setzen kann. Danach ist der Ablauf jedes Mal anders, bis auf viertens: pro Ficken mindestens fünfmal Stellungswechsel. Wenn du mehr schaffst, super, wenn nicht, sind fünf völlig okay. Alles in allem ist das: der schöne Fickaufbau.

»Ich hab ein Kaninchen gehabt, als ich klein war.« Jennys Augen sind wieder zu, als sie das sagt.

»Okay.« Ich rücke näher an sie ran.

»Es war ganz weiß, mit blauen Augen und hatte sehr weiches Fell. Viel weicher als das Fell von den anderen Baby-Kaninchen in der Zoohandlung. Deshalb wollte ich es auch unbedingt haben, ich mag ja weiche Sachen.«

Sie zieht den Finger aus meinem Nasenloch und legt sich vorsichtig auf den Rücken, damit meiner nicht aus ihrer Muschi rutscht.

»Einmal, keine Ahnung, wie alt ich da war, noch ziemlich klein, hab ich's aus seinem Käfig geholt und bin aus der Wohnung raus. In der Schule hatte ne Lehrerin erzählt, dass Hasen eigentlich draußen leben sollten, im Wald oder Park oder so, und dass es nicht so toll ist für die, wenn sie die ganze Zeit in der Wohnung hocken.«

Jenny kreuzt die Arme hinterm Kopf.

»Meine Eltern waren nicht da, also hab ich Luigi, so hieß das Kaninchen, es hieß Luigi, obwohl es ein Mädchen war, unter meinen Pulli gesteckt, weil sie das sehr gern hatte, und bin mit ihr zur Tür raus. Unten hab ich sie ganz vorsichtig auf den Gehweg gesetzt. Luigi fand das ganz gut, glaub ich, hat tierisch rumgeschnuppert und so. Die Leute, die vorbeigekommen sind, sind stehen geblieben, haben gefragt, ob sie sie mal streicheln dürfen, und ich hab gesagt ›Ja klar‹. Weil: Ist doch schön, wenn einen so viele Leute streicheln.«

Ich stecke noch einen zweiten Finger in sie rein. Jenny hilft mit, indem sie ihr Becken etwas vorschiebt.

»Und dann?«

»Wie und dann?« Sie sieht mich an.

»Was ist dann passiert?«

»Nix. Dann hab ich Luigi wieder unter den Pulli geschoben und bin hoch in die Wohnung.«

»Was is das denn für ne lahme Geschichte?«

»Du hast doch gesagt, ich soll irgendwas erzählen.«

»Ja, schon gut.«

»Ich hab Luigi echt lieb gehabt. Hab total geheult, als sie gestorben ist. Meine Mutter hat auch geheult, die ist voll das Baby, und mein Vater hat uns ausgelacht. Ab da hab ich die gehasst. Ihn und sie auch.«

Sie streicht über ihren Bauch, seufzt.

»Solche Leute kann man echt nicht ernst nehmen. Hab damals irgendwie kapiert, dass ich das mit meiner Erziehung selber machen muss.«

Sie seufzt noch mal. »Das ist aber super, weil ich mir fast alles erlaube.«

»Fast alles?«, frage ich. »Was denn nicht?«

»Sag ich nicht.«

»Warum nicht?«

»Weil's dich nix angeht. Ist privat.«

»Oh«, sage ich und ziehe meine Finger aus ihrer Muschi, »ich wusste gar nicht, dass wir geschäftlich miteinander zu tun haben.«

Sie richtet sich auf, überlegt kurz.

»Ich hab Luigis Fell noch. Willst du's sehen?«

»Was?«

»Als Luigi tot war, bin ich mit ihr zum Schatz und hab gefragt, ob er ihr das Fell abziehen kann.«

»Zum Schatz?«

»Ja, klar.«

»Story!«

»Nee, echt, hab ich gemacht.«

»Niemals bist du zum Schatz damit!«

»Doch. Der wollte erst nicht, klar, Hygiene-Vorschriften und so, aber ich hab krass geheult und so lange nicht aufgehört, bis er ›Ja‹ gesagt hat.«

»OBERSTORY!«

»Einen Tag später konnte ich's abholen.«

Sie krabbelt über mich rüber, steigt aus dem Bett und läuft zu ihrem Schrank. Totales Chaos da drin, wie bei mir. Sie schiebt Pullis zur Seite, T-Shirts, dann hält sie eine kleine Kiste in den Händen und kommt damit zurück zum Bett.

»Rutsch mal.«

Sie legt sich neben mich. Vorsichtig öffnet sie das Kästchen. Ein kleines weißes Fell kommt zum Vorschein, sieht nicht mehr so nach Kaninchen aus. Sie legt es zwischen uns.

»Das fass ich nicht an!«

Sie nimmt meine Hand, die beiden Finger sind noch feucht von ihrer Muschi, und führt sie zum Fell.

»Schön weich, oder?«, flüstert sie und lächelt.

Ich schüttele den Kopf.
»Nich?«
»Doch. Aber die Story bleibt ne Story.«
»Wenn du meinst.« Sie lächelt wieder.

Jenny stöhnt nicht, aber sie ist eine, die immer guckt. Nie macht sie beim Ficken die Augen zu. Nie guckt sie woandershin als mich an. Auch beim Küssen hat sie sie auf. Immer. Von Anfang Kuss bis Ende Kuss. Mir gefällt das, weil sie das stark macht, und ich glaub, dass das ein bisschen ihre Art ist, mich zu stoßen. Jenny würde mich saugern stoßen. Manchmal sagt sie das auch: ›Ich will dich stoßen, wie du mich!‹, und bekommt einen Blick, da wird mir ganz anders, da will ich mich wirklich gleich von ihr stoßen lassen. Würde ich auch. Würde ihr meinen Schwanz auf jeden Fall mal für ne halbe Stunde ausleihen. Dann dürfte sie. Von vorne, von hinten, überall. Wäre nur gerecht, wenn Jenny mich mal so richtig durchknallt nach all den Stößen, die ich ihr verpasst hab. Vielleicht geht das irgendwann mal. Ich kann mir schon vorstellen, dass es viele Mädchen gibt, die gern einen hätten. Ich hätte auch gern einen, wenn ich nicht schon einen hätte. Zum Glück hab ich einen. Kann mir gar nicht vorstellen, wie mein Leben ohne Schwanz aussehen würde. Ziemlich planlos, glaub ich.

Im Moment hat Jenny Pech, weil's bei ihr nur reingeht und nicht raus. Also macht sie es übers Gucken. Ich schwöre, sie guckt wirklich immer! Auch wenn ich sie umdrehe und ihren Arsch zu mir ranziehe, ihr den Hammerstoß verpasse, weil fünftens: Wenn du sie von hinten nimmst, muss der erste Stoß immer ein Hammerstoß sein, der wie drei Stöße zählt! Selbst dann dreht sie den Kopf zu mir und guckt mich an, was scheiß unbequem sein muss, aber ich finde gut, dass sie in der Sache konsequent ist. Gibt nicht viele Immerguckerinnen. Bin froh, dass ich eine gefunden hab.

»Der Schatz, logisch!«

Ich schüttele wieder den Kopf, boxe sie mit dem Ellbogen in die Seite.

»Hattest du auch mal 'n Haustier?«

»Nee.«

»Echt nicht?«

»Nee.«

»Du Armer.«

Sie schleckt mit der Zunge über mein Gesicht, dreht sich auf den Rücken. Wir liegen nebeneinander, zwischen uns das Fell.

»Ich hatte mal nen Spatz«, sage ich.

»Nen Spatz? Hä, wieso?«

»Hab ich gefunden.«

»Wo?«

»Beim Fluss. Lag am Boden. War noch 'n Baby.«

»Ach so. Aus'm Nest rausgefallen.«

»Genau.«

»Süß.«

»Hab ihm mit ner Pinzette immer Regenwürmer in den Schnabel gefädelt. Ewig hab ich das gemacht.«

»Wie alt warst 'n da?«

»Megakurz. Jeden Morgen hab ich ihn gefüttert und abends auch noch mal.«

»Bis er groß war?«

»Bis er fliegen konnte.«

»Ach so, und dann hast du ihn freigelassen?«

Ich richte mich auf.

»Muss los«, sage ich.

»Hä?«

Steige aus dem Bett.

»Bleib doch noch 'n bisschen.«

Sie umschlingt mich von hinten, aber ich schüttele sie ab.

Draußen auf der Straße werde ich vom starken Wunsch überwältigt, Raucher zu sein. Wäre ein super Moment, um sich ne Zigarette anzuzünden. Milan würde jetzt zwei tiefe Züge nehmen und entspannt davonschlendern.

Milan nimmt zwei tiefe Züge, während er neben ihr liegt. Sie fragt: Lässt du mich ziehen, und er schiebt ihr die Kippe in den Mund, sagt: Dann saug mal, das kannst du ja gut.

Ich spüre ein Ziehen im Magen und verdränge den Gedanken, indem ich mir selber auf den Hinterkopf haue. Das hab ich immer so gemacht, wenn es im Oberstübchen mal brenzlig wurde, und auch jetzt funktioniert die Methode einwandfrei. Leere macht sich breit. Besenrein nenne ich die Phase nach dem Hinterkopfklaps. Kein Körnchen Gedankenstaub mehr zu finden. Wenn dann eine neue Ladung einschießt und die Schüssel flutet, ist das, wie ich mir immer Koksen vorstelle. Hab ich nämlich noch nie gemacht, meine Trainer-Tattoo-Schwingen gehen vor.

Ich schaue zum Himmel und weiß, was jetzt kommt: Es wird dunkel. Ich schüttele den Kopf und murmele: »Immer das Gleiche mit dir«, und meine die Sonne, die mich fast nicht mehr hören kann, so tief steht sie schon. Mir wird warm, ich spüre, wie sich mir der Hals zuschnürt, als hätte jemand eine riesige, kochend heiße Kartoffel drin versenkt. Ich stoppe und warte, bis es vorbei ist. Das ist einfacher, so tut es weniger weh.

Als es soweit ist, setze ich mich wieder in Bewegung. Ich hab keine Lust, nach Hause zu gehen und fange an, beleuchtete Fenster zu zählen. Das mache ich, seit ich denken kann. Auch das hilft gegen das Untergangsasthma. Nach fünf Minuten bin ich bei unglaublichen 123 und beschließe innerlich einen Rekord. In der 124 steht eine Frau mit Zigarette am Fenster und schaut raus. Sie hat lange blonde Haare, selber Haarschnitt wie Ma, aber älter ist sie und dicker, sieht traurig aus.

Ich winke der Frau zu, und sie winkt zurück. Keiner von uns schaut weg. Sie auch nicht. Ich überlege kurz, dann gehe ich weiter. »Zu alt, zu fett, zu traurig«, murmele ich und schlage den Heimweg ein.

Beim Spielplatz setze ich mich auf eine der Schaukeln. Sie quietscht und knarrt abwechselnd. War schon immer so, zwei der ersten Geräusche in meiner Sammlung. Ich schaue hoch zu unserem Balkon. Brennt Licht.

Lehne mich nach hinten und stoße mich ab, gebe mehr und mehr Schwung, bis ich so hoch bin, dass es sich anfühlt, als würde sich die Schaukel gleich überschlagen. Höre auf, die Schaukel schwingt aus, und ich hänge im Sitz, zähle beleuchtete Fenster. Die meisten stehen offen, Fernseher laufen, es riecht nach stark gewürztem Essen.

Ich drehe den Kopf, weil eine Tür krachend zugefallen ist. Milan ist aus der Eingangstür getreten. Er geht mit schnellen Schritten über den Platz, versucht sich die Jacke anzuziehen. Ein Ärmel ist nach innen gerutscht, wieder und wieder stößt er den Arm hinein. Er tritt gegen den Mülleimer am Ende vom Sandkasten, läuft mit hängendem Ärmel davon. Hat mich nicht gesehen.

Ma steht auf dem Balkon und schaut runter. Ich winke ihr, aber sie sieht mich nicht. Als sie reingeht, stehe auch ich auf und laufe zum Block.

Sie sitzt am Küchentisch, rührt in einer Kaffeetasse.

»Hallo«, sage ich. Bin außer Atem, die fünfzehn Stockwerke hochgerannt.

Ma rührt weiter in ihrer Tasse.

»Alles okay?«

Sie sieht mich an. »Ja. Warum nicht?«

»Ach so, ich hab grad ...«

»Ja?« Ihr kühler Blick.

»Ich hab unten ...«

»Ja?«

»War nur ... ich hab gedacht –«

»Ja, was denn?« Ihre Augen funkeln.

Ich mache einen Schritt auf sie zu, aber sie wendet sich ab, rührt wieder in ihrer Tasse.

»Gute Nacht, Luis!«, sagt sie und führt die Tasse zum Mund.

Liege lange wach. Als ich Mas Schlafzimmertür zufallen höre, stehe ich auf, schleiche zur Tür und öffne sie vorsichtig. Auf Zehenspitzen gehe ich durch den Flur, ein kleiner Streifen Licht am Boden. Ich bleibe dicht an der Tür stehen und lausche. Nichts ist zu hören. Gehe langsam in die Knie, schaue durchs Schlüsselloch. Man kann immer nur die untere Bettkante sehen. Das weiße Spannbettlaken, ein Stück der Decke. Und plötzlich schießen ins Bild: Mas nackte Beine. Dunkelroter Nagellack. An allen Zehen. Das Licht geht aus.

»Soll ich dir was vom Netto mitbringen?«

Ma lehnt im Türrahmen. Ich liege auf dem Rücken in meinem Bett, sie schaut über mich weg aus dem Fenster.

»Nö.«

»Sicher?«

»Ja.«

Ma bleibt stehen. Sie hat das Top an. Das mit dem kleinen Vogel hinten.

»Was machst du heut noch?«

»Nix.«

»Gehst du nicht raus?«

»Nö.«

»Warum nicht?«

»Warum sollte ich?«

»Keine Ahnung. Nur so.«

Ich hebe den Kopf. »Soll ich rausgehen?«

»Nein.«

»Kommt noch wer?«

Ihr Fensterblick. Ich lasse den Kopf wieder sinken.

»Schlechte Laune, Meise?«

»Mir geht's blendend.«

Ich betrachte die Planetenbildchen, die an die Unterseite meines Wandregals geklebt sind. Gab's mal in so

Kaugummi-Päckchen. Jupiter ist mein Lieblings, der schöne Ring. Neptun fehlt. Hatte alle Planetenbildchen doppelt, Merkur sogar vierfach. Den scheiß Neptun hab ich nie gekriegt.

»Hast du Milans Mutter eigentlich schon mal gesehen?«, sagt Ma.

Ich gucke hoch. Das unbewegte, stille Gesicht im Türrahmen. Sie blinzelt nicht mal.

Zucke die Schultern.

»Heißt das Ja?«

»Keine Ahnung.«

»Versteh' ich nicht.«

»Musst du ja auch nicht.«

Das Top hab ich ihr geschenkt nach meinen ersten drei gewonnenen Fickwetten. Der Vogel ist kein spezieller Vogel. Einfach ein Vogel, keine Meise oder so. Aber Ma hat sich gefreut. Glaub ich. Ich hab es ihr im Netto in den Wagen gelegt, als sie kurz beim Waschmittel war. Hab mich hinter einem Regal versteckt und zwischen den Chipstüten durchgelinst. Das Papier hat sie mit einer schnellen Handbewegung aufgerissen und hinter sich geworfen. Hat das Shirt vor sich in die Luft gehalten und den Wellensittichpfiff rausgeschickt. Ich bin vorgekommen, hab mich dabei gefühlt wie ein Kind, aber als sie mich angeguckt hat, wie ein Mann. Sie hat ihren Pulli über den Kopf gezogen und ihn genauso hinter sich geworfen wie das Geschenkpapier. Weil sie nichts drunter hatte, sind zwei Männer und eine Frau neben dem Einkaufswagen stehen geblieben und haben mit offenen Fressen zugeschaut. »Komm, Luis!«, rief Ma lachend.

Ich sprang auf den unteren Steg vom Wagen. Sie stellte sich hinter mich, und ihre Brüste drückten weich gegen meinen Rücken, so weich wie die beiden Mozzarella, die ich eine halbe Stunde später in unserer Küche aus den Verpackungen zog, bevor ich sie in dünne Scheiben schnitt und auf die Fertigpizza legte.

Ma greift mit einer Hand in die Mitte des Tops und zwirbelt den Stoff zusammen. Es rutscht hoch. Ihr Bauch ist zu sehen. Ganz flach, der Nabel wölbt sich nach außen. Sie kaut auf einer Lippe, wie eben: Fensterblick.

»Was gibt's denn da draußen so Spannendes zu sehen?«

»Pass auf!«

»Ich brauch nix, okay?«

Sie lächelt. Ich halte den Blick. Dann spitzt sie die Lippen und pfeift den Kompli-Pfiff. Unter ihren Pfiffen ist es der schwierigste, der, den ich am längsten üben musste, weil er sich anhören soll wie zwei Töne gleichzeitig. Wie ein ganz heller Ton und ein ganz dunkler. Sie dreht sich um und schließt die Tür hinter sich. Über dem Rahmen das alte Kinderposter. Kommt mir vor, als hätte ich's Jahre nicht gesehen. Ernie lächelt mich an und mir fällt auf, dass es das gleiche Lächeln ist wie das von Ma eben. Hat es ihm wohl dagelassen. Ich steige aus dem Bett, springe hoch und reiße das Poster runter. Ein leichtes Ziehen in der Brust beim Sprung. Ich bücke mich, der Boden ist übersät mit Klamotten, greife mir die Jeans und ziehe die Tablettenpackung aus einer der Hosentaschen. Leer. Egal, tut sowieso kaum noch weh.

Im Bett drehe ich mich Richtung Wand. Meine Wand seit immer! Ich strecke die Zunge raus und berühre sie mit der Spitze. Schön kühl. Bleibe eine Weile so, bis die Tapete ganz aufgeweicht ist. Ich schiebe mein Kissen zur Seite. Das Kindermesser liegt da, matt glänzend, hab's noch nicht weggeräumt, und setze es auf die Tapete, schneide das von der Zunge nasse Stückchen raus. Dann wieder mit der Zunge an die Tapete, aufweichen, ausschneiden. Und immer so weiter. Irgendwann sinke ich mit dem Kopf zurück aufs Kissen und schlafe ein.

Jablonskis Wiese voller Kühe, dicht an dicht. Ich zwänge mich durch die dampfenden Tierkörper, suche Nutella. Krieche auf dem Boden rum, rutsche, als ich nicht mehr weiterkomme, unter den Bäuchen der Kühe durch. Die Angst, getreten zu werden. Irgendwann erwischt mich ein Schwanz im Gesicht. Peitsche.

Ma weckt mich. Mein Kopf fühlt sich an wie Scheiße. Nachmittags schlafen, für'n Arsch!

»Luis, wach auf«, sagt sie.

Ich blinzle, schaue zu ihr rüber.

»Ich bin wieder da!« Sie hat den Anorak noch an, er steht offen. Ist ganz nass.

Übler Geschmack im Mund, drehe mich zur Seite. »Super«, sage ich.

Die Tapetenlöcher vor meiner Nase. Liege mit der Backe auf dem Kindermesser, die Spitze drückt sich sanft in mein Nasenloch.

»Sag mir bitte, ob du sie schon mal gesehen hast.«

Ich mache die Augen wieder zu, rieche Kuhmist.

»Luis!«

Öffne die Augen. »Wen?«

»Seine Mutter.«

Ich strecke die Zunge raus, berühre die Tapete.

»Luis!« Mas Stimme ein Zwischending aus Schreien und Pfeifen.

Ich fahre die Zunge wieder ein, drehe mich zu ihr um. Sie steht da, zwirbelt wie vorhin das Top, kneift die Lippen zusammen und starrt mich an.

»Ma, ich hab grad geschlafen!«

Sie zieht die Augenbrauen hoch. Höchste Alarmstufe.

»Warum willst du das überhaupt wissen?«

»Ja oder Nein?«

»Nein.«

Ich schnappe mir das Kindermesser.

»Warst du noch nie bei ihm zu Hause?«, fragt sie.

»Nein.«

Ma hat jetzt einen Knoten in das Top gemacht, sieht mich ungeduldig an.

»Warum nicht?«

»Ich hol ihn immer unten ab.« Blick zu den Planetenbildchen.

»In all den Jahren hast du seine Mutter noch nie gesehen?«

Ich starre den Mars an. »Nee.«

»Das kann doch gar nicht sein.«

Schnipse ein Tapetenstückchen in ihre Richtung. »Die hat ne psychische Sache.«

»Was heißt das?«

»Mann, frag ihn doch selber!«

»Ich frag aber dich!«

»Sie geht nicht raus. Und sie kotzt. Mehr weiß ich auch nicht.« Ich ramme das Kindermesser in die Bettdecke.

»Wann siehst du Milan?«

»Ich seh ihn nicht.«

Ma geht in den Flur, kommt mit dem Telefon in der Hand wieder rein. Sie hält es mir hin.

»Ruf ihn bitte an.«

»Warum?« Ich richte mich auf.

»Ruf ihn jetzt bitte einfach an und mach was mit ihm aus.«

»Ich will ihn aber nicht anrufen.«

»Luis!«

»Ruf ihn doch selber an! Was ist überhaupt los?«

»Milan redet nicht drüber. Ich will, dass du da hingehst und schaust, ob alles in Ordnung ist.«

Sie knallt das Telefon vor mir aufs Bett. Mas Gesicht ist übersät mit roten Flecken, sie zittert.

»Okay«, sage ich und beuge mich vor, um nach dem Telefon zu greifen, »ist ja gut.«

Milans Stimme am anderen Ende. Ich höre mich selbst »Ich komm vorbei« sagen, sehe Ma an, die mir zunickt. Als ich aufgelegt habe, sagt sie: »Ich hab Pizza gekauft. Sei um acht wieder daheim.«

Klingele dreimal. Kein Summer, wie immer. Ich biege nicht, wie sonst, Richtung Spielplatz ab, sondern bleibe vor dem Eingang stehen. Kurz darauf geht das Licht im Treppenhaus an, eine Minute verstreicht, das Licht geht wieder aus. Spüre den Regen, schaue in den Himmel: alles grau. Das Licht im Flur geht an, Schritte sind zu hören. Ein paar Sekunden später öffnet Milan die Tür.

»Was ist?«, sagt er, bleibt im Rahmen stehen.

»Kann ich hochkommen?«

Er schaut mich verständnislos an.

»Nein.«

Ich mache einen Schritt auf ihn zu.

»Ich würd gern mit hochkommen.«

»Bist du taub: Nein!«

»Warum nicht?«

»Darum.«

Er will die Tür wieder schließen, aber ich stelle schnell einen Fuß dazwischen, presse meinen Oberkörper dagegen und stemme sie auf. Milan ist einen Schritt zurückgegangen. Im Hausflur ist es schummrig, das Licht ist aus, sein fassungsloses Gesicht im Halbdunkel.

»Spinnst du?«

»Wievielter Stock?«

»Du kommst nicht mit hoch.«

»Warum nicht? Ich war noch nie bei dir. Ich würd gern mal deine Wohnung sehen.«

»Du willst meine Wohnung sehen? Hast du sie noch alle?«

»Ist deine Mutter da?«

»Warum?«

»Die würd ich auch gern mal sehen.«

»Vergiss es!«

Er macht einen Schritt auf mich zu.

»Warum denn nicht?«

Auch ich mache einen Schritt. Wir stehen jetzt so

dicht voreinander, dass ich seinen Atem riechen kann. Bitter, nach Kaffee.

»Luis, was soll der Scheiß?«

Ich blinzle nicht mal. Meine Brust fühlt sich schrankbreit an. Einatmen, ausatmen. Ich werd hier nicht weggehen. Einatmen, ausatmen. Milan kneift die Augen zusammen. Einatmen, ausatmen. Sein gespannter Körper gibt nach. Er dreht sich um, geht zum Fahrstuhl. Es klatscht laut, als er mit der flachen Hand auf den Knopf schlägt. Ich bleibe stehen.

Blick zu mir. »Na, was jetzt?«

Wir steigen ein. Siebter Stock, das hab ich nicht gewusst. Unter zehn! Nicht mal in der Nähe der Fünfzehn. Ha!

Er macht das Licht im Wohnungsflur nicht an, alle Zimmertüren sind geschlossen. Es ist duster, aber schon jetzt erkenne ich, dass die Wohnung so aussieht wie unsere. Der Flur, die fünf Türen, genau gleich.

Milan bleibt neben einem Berg Jacken stehen. An der Wand drüber hängt eine Garderobe nur noch an einem Haken und zeigt senkrecht zum Boden. »Kaputt«, sagt er.

Ich schaue ihn an.

»Bitte!« Er macht eine Handbewegung den Flur runter.

Ich bleibe unschlüssig stehen.

»Bitte«, sagt er noch mal lauter, ohne mich anzusehen. Dieselbe Bewegung mit der Hand. Weil ich mich nicht rühre, schaut er mich an.

Ich räuspere mich: »Soll ich …? Willst du nich –«

»Nein!«, unterbricht er meinen Satz.

»Ach so. Dann …«

Milan nimmt die Hände im Rücken zusammen.

Ich sehe zur Wohnungstür, sind nur zwei, drei Schritte. Gucke dann den Flur runter. Mir wird heiß. Milan steht unbeweglich, schaut auf den Teppichboden. Ich räuspere mich wieder: »Wo ist …?«

Er antwortet nicht.

Die erste Tür links muss die Küche sein, rechts gegenüber das Bad. Ich mache einen Schritt, stoppe.

»Da?«

Ich zeige auf die erste Tür, bei uns Mas Schlafzimmer.

Milans Gesicht ist vollkommen starr. Ich schaue wieder zur Wohnungstür.

»Milan, ich glaub, ich –«

»Los!«, sagt er scharf.

Schnell mache ich drei Schritte auf die erste Tür zu, hebe die Hand. Ich klopfe. Nichts passiert. Ich klopfe noch mal, drehe mich zu Milan um: starr wie eben. Ich drücke die Klinke und halte die Luft an. Licht kommt mir entgegen, ich blinzle. Ein aufgeräumtes Zimmer, gemachtes Bett, eine rot-weiße Flagge an der Wand, der Boden übersät mit leeren Tabakpackungen. Ich atme aus, lasse die Tür offen. Milans Blick schickt mich weiter. Bei uns ist das nächste Zimmer meins. Wieder klopfe ich, keine Antwort. Ich schlucke. Selbst das Geräusch, das die Klinke beim Runterdrücken macht, klingt genau gleich. Ein Sessel, eine Couch, ein Tisch mit einem Stuhl, kein Fernseher, auch hier alles ordentlich. Ich schwitze, drehe mich zu Milan um. Das Weiße in seinen Augen leuchtet im Dunkeln. Um ihn herum eine Stille, die laut und dröhnend ist und auf mich zurollt.

Er weist mit dem Kopf zur letzten Tür am Ende des Gangs. Ich bleibe stehen.

»Milan, ich –«

Dieselbe Bewegung mit dem Kopf. Ich gehe zur Tür.

»Milan, ich glaub…« Meine Stimme ist ganz heiser, das Shirt unter meinen Achseln nass. »Im Ernst, ich glaub, es war keine gute –«

Da läuft er los. Sein Arm schnellt nach vorne, und ich ducke mich weg. Mit der Faust haut er auf die Klinke. Die Tür schwingt auf.

Im Zimmer ist es dunkel.

Milan ist dicht hinter mir, ich spüre seinen Atem in meinem verschwitzten Nacken. Ich kann nichts erkennen, es ist vollkommen finster da drin. Plötzlich: Das Glühen einer Zigarette. Ich zucke zusammen, mache einen Schritt zurück und stoße gegen Milan.

Meine Augen brauchen ein paar Sekunden: Dann taucht in der Mitte des Zimmers ein Sessel auf, in dem eine Frau sitzt. Sie sieht in Richtung der Fenster, vor die ein großer Schrank geschoben ist. Ihre Haare sind kurz, die Zigarette hängt schlaff zwischen zwei dünnen Fingern.

»Wer bist du?«

Der Kloß im Hals lässt mich schlucken. Es klingt wie ein Krächzen, als ich sage: »Ich bin Luis.«

Die Zigarette glüht.

»Bist du Milans Freund?«

Das Knistern des runterbrennenden Blättchens.

»Ja.«

Rauch quillt aus ihrem Mund. Sie sieht weiter zum Schrank.

»Tust du mir einen Gefallen, Luis?«

Ich schlucke wieder.
»Ja.«
»Mach die Tür zu.«

Meine nassgeschwitzte Hand umschließt die Klinke, ich ziehe die Tür zu.

Jetzt erst merke ich, dass Milan nicht mehr hinter mir steht. Ich drehe mich um, gehe den Flur entlang. Im letzten Zimmer lehnt er an der Wand, er dreht. Als er die Kippe zum Mund führt, um das Blättchen abzulecken, sieht er mich an.

Das Treppenhaus, steil und dunstig, ist wie unseres.

Marco hat eine neue Hose. Eine teure, von Diesel, mit krasser Waschung.

»Alles klar«, sage ich, »da hat sich der gute Daddy wohl mal wieder blicken lassen.« Marco guckt an der Jeans runter und auf die Schuhspitzen. Er zuckt mit den Schultern und steckt seine Hände in die neue Diesel.

»Oh Mann«, sage ich, »jetzt fang nicht gleich an zu heulen.«

Ich bin nicht nach Hause gegangen. Hab ne Weile unten an der Ecke gestanden, hochgeschaut, drei Bierdosen gekillt. Um halb neun kam Ma raus auf den Balkon, da bin ich los. Scheiß auf die Pizza, scheiß drauf.

Marco schaut weiter auf seine Schuhe und rümpft die Nase. Ich kann ihn manchmal nicht aushalten. Also sein trauriges Gesicht kann ich nicht aushalten. Ich könnte Marco jetzt ohne Probleme eins in die Fresse hauen. In dieses traurige, fette Gesicht reindreschen. Aber ich mach's nicht, weil ich jetzt der Chef bin, seit Milan nicht mehr dabei ist, und ich muss Autorität zeigen. Ist einfach wichtig als Chef: Autorität zeigen, Ruhe bewahren. Das heißt, man kann schon mal wem eins in die Fresse hauen, so ein gezielter Schlag auf die Zwölf, wenn die Angestellten vergessen haben, wer hier das Sagen hat. Aber die Situation mit der Diesel wäre Willkür, und ich will ein guter Chef sein. Mit Zurechnungsfähigkeit und allem Pipapo. Nachvollziehbar sein für die Jungs in meinen Chef-Aktionen. Denn die hängen noch an Milan, das spüre ich. Aber sie sagen natürlich nix, wegen der Sache mit Ma. Vielleicht finden sie's auch cool. Vielleicht treibt sie das jetzt nachmittags zum Wichsen heim. Wenn ich einem von denen solche Gedanken nachweisen könnte, wäre alles aus. Auf die Zwölf. Zähne raus.

»Was is 'n das für ne Waschung?«, sage ich zu Marco. Versöhnungsangebot, logisch. Aber der zuckt nur mit den Schultern.

»Keine Ahnung.«

Waschungen sind bei uns oft Thema. Ich weiß nicht warum, aber Marco steigt da einfach nicht durch. Bevor die nächste Welle Wut in mir hochsteigen kann, sage ich: »Hol lieber mal Alk, du Penner.«

Marco trabt los Richtung Esso. Seine noch fettere Rückansicht.

»Hast du deinen Perso dabei?«, brülle ich ihm hinterher. Gefälscht, logisch. Aber Marco wird sowieso nie gefragt, fette Leute sehen automatisch älter aus. Er dreht sich im Gehen halb um und nickt, winkt abwehrend mit einer Hand.

Als er wiederkommt, nehme ich ihm die Plastiktüten ab.

»Wie viel?«, frage ich.

»Dreißig.«

»Jungs«, rufe ich den anderen zu, »für jeden nen Fünfer.«

Am Ufer lassen wir uns auf die Bänke fallen. Marco sammelt das Geld ein, während ich die Flaschen vor der Bank aufstelle. Als Marco mich wegen des Fünfers anstößt, schüttele ich den Kopf. In meiner Harnröhre staut sich die Pisse, ich gewinne sowieso. Wir kippen die erste Runde Bier, ich treibe die Jungs an, schneller zu trinken, mein Harnstau schmerzt. Zweite Runde. Einer der Jungs erzählt ne Geschichte, es geht um schwitzende Füße bei Mädchen. Ich klinke mich aus und schaue zum Fluss. Schaue sofort wieder weg, weil sich das strömende Wasser nicht mit dem Stau verträgt. Die Jungs faseln, und mein Schwanz fühlt sich an, als hätte ihn wer mit Sand gefüllt. Die Haut spannt, der Sand drückt von innen gegen die Schwanzwand, er will raus, raus, raus. Dritte Runde. Ich nehme den Flaschenhals fast komplett in den Mund, lehne mich weit nach hinten und lasse das Bier meinen Rachen runterlaufen. Die Flasche ist leer, mit einem Knall stelle ich sie neben mir auf dem Asphalt ab. Schaue in die Runde. Einer der Jungs erzählt gerade, wie er in der Mädchen-Sportumkleide einen Socken aus einem Turnschuh gezogen hat, hält sich einen imaginären Strumpf vor die Nase, verdreht die Augen ins Weiße und sinkt seitwärts von der Bank auf den Boden. Ich räuspere mich einmal laut, merke, wie eine Aggression in mir hochkriecht, sich, von meinem Magen ausgehend, durch die auf dem Weg liegenden Eingeweide hocharbeitet, bis sie über den Hals in den Mund rutscht, mir die Lippen auseinanderzwängt und mich den Satz: »Jetzt halt endlich dein dummes Maul und trink dein beschissenes Bier leer« ausspucken lässt.

Ich gehe voraus, Marco und die Jungs schweigend hinterher. An den Bäumen angekommen, nehmen wir unsere Plätze ein. Normalerweise ist Marco neben mir, jetzt aber steht er ganz links vor Milans Baum. Er genießt den Aufstieg, sein Schwanz ist als Erster draußen. Einer nach dem anderen holt ihn raus. Ich lasse mir, trotz der Schmerzen, extra viel Zeit, um Marco auszubremsen, kurze Botschaft vom Chef. Wir stellen uns in Position. Ich hole tief Luft, zähle laut: »EINS, ZWO, GO«, und lasse endlich los. Mein Stau verwandelt sich in das beste Gefühl, das ich jemals hatte. Ich seufze laut, fast kommen mir die Tränen: Pissen, wenn du so lange ausgehalten hast, ist ein Rausch. Etwas, von dem du möchtest, dass es niemals aufhört, das dich davonträgt, wohin weiß ich nicht, vielleicht bis rauf zur Sonne, könnte ja sein.

Heute gewinnt Marco. Ich schaue ihn schräg von der Seite an, als ich meinen Schwanz wieder verstaue. Er guckt schnell weg, und ich bin sicher, dass auch er auf den Trick mit dem Pissesparen gekommen ist. Ich lege meine Stirn in Falten. Insgeheim hab ich immer gewusst, dass Marco anders ist als die Jungs, dass seine Stube mindestens teilmöbliert ist. Ich muss aufpassen, ihn im Auge behalten.

Er geht als Erster zurück zu den Bänken. Die Jungs laufen ihm nach. Einer hat die Hose bis zu den Knöcheln runterrutschen lassen und schwingt seinen Schwanz hin und her, die anderen lachen. Ist schon okay. So Zeug macht man halt, wenn man seine Gurke noch nie eingeparkt hat.

Später gehen wir am Fluss entlang. Die Uferbeleuchtung ist ausgefallen. Es ist stockdunkel, und unter meinen Füßen quietscht das Gras. Es hat den ganzen Tag geregnet, und jetzt riecht es nach Nacktschnecken und Schlamm.

Marco läuft vor mir her. »Marco«, rufe ich, »Alter, mach dich nicht so breit, ich kann ja gar nix mehr sehen.«

»Haha«, ruft Marco und: »Aua!«

Er ist ausgerutscht, liegt am Boden. Ich versetze ihm einen Tritt in die Seite, sage: »Steh auf, du Mädchen.«

Marco wälzt sich hin und her, versucht sich aufzurappeln, fällt aber wieder hin. Ich beuge mich runter, ziehe ihn an beiden Händen hoch.

»Leicht wie eine Feder«, stöhne ich.

»Halt's Maul«, sagt Marco und will sich den Schmodder von der Diesel wischen. Aber da hat er schon eine drin.

Die Party ist in einer Art altem Bahnwärter-Häuschen. Zwei Stockwerke vollgestopft mit Leuten. Musik dröhnt aus dem größten Raum im Erdgeschoss. Drum'n Bass, ätzend. Meine Laune hebt sich, als ich Jenny und Rike auf der Treppe Richtung Obergeschoss stehen sehe. Jenny trägt ein Blümchenkleid mit tiefem Ausschnitt, aber was ich zuerst mitkriege, sind ihre aneinandergepressten Brüste, die rausquellen und so krass unanständig aussehen, dass ich, noch im Türrahmen stehend, einen Ständer bekomme. Sie hat einen Push-up an, kommt selten vor. »Mein Glöckchen«, sage ich halblaut und schüttele grinsend den Kopf. Jenny braucht keine Push-ups. Aber wenn sie welche trägt, würde ein Bleistift, den man ihr zwischen die Titten schiebt, dort festsitzen wie ein Betonpfeiler. Ich nehme Marco, der hinter mir steht, die Ginflasche aus der Hand und schiebe mich an den Leuten vorbei Richtung Treppe. Ich bleibe stecken, arschviele Leute, winke Jenny mit der Flasche zu, gebe ihr zu verstehen, dass ich eingeklemmt bin. Sie nickt und schaut wieder zu Rike, die ein bauchfreies Top von Jenny trägt, das ihr obenrum viel zu groß ist. Neben mir steht ein vollgeschwitztes Mädchen, das wohl bis eben getanzt hat. Ihr nasses Shirt klebt an meinem rechten Arm, und ich versuche sie von mir wegzuschieben, aber nichts zu machen. Sie riecht so, wie die Girls beim Sex meistens riechen. Dieser Geruch, der, wenn er dir in die Nase steigt, alles verselbstständigt: Autopilot ist dann dein Beruf. Auch jetzt passiert das, ich greife zu ihr rüber, und sie ist da unten, wie am ganzen Körper: nass! durch die Jeans! Einen kurzen Moment bin ich fast gerührt über so viel Körperflüssigkeiteneinsatz, dann wird sie von mir weggedrängt, hat nicht mal was von meiner Hand zwischen ihren Beinen bemerkt. Ich schaue hoch, Jenny und Rike schieben sich langsam an den Leuten vorbei nach oben. »Warte«, rufe ich Jenny zu, aber sie scheint mich nicht zu hören. Der Bass aus dem Danceraum wummert. Ich drehe den Kopf nach hinten und halte nach Marco und den Jungs Ausschau, aber die sind nicht mehr zu sehen. Wieder draußen, tippe ich, Marco hat Klaustro-irgendwas. Ich komme nicht vor und nicht zurück, merke, wie voll ich bin, dass die Hitze mein Vollsein bis unter mein Stubendach hochschraubt, und lasse plötzlich los, hänge zwischen den Leuten wie ein Baby im

Fruchtwasser. Warte, bis ich mit den Massen Richtung Treppe treibe.

Auf der ersten Stufe drehe ich mich noch mal um. Von Marco und den Jungs immer noch keine Spur. »Scheiß der Hund drauf«, sage ich und schiebe Leute zur Seite, die auf der Treppe stehen und sich unterhalten.

Im ersten Stock ist es fast komplett dunkel. Eine lila Glühbirne an der Decke funzelt vor sich hin. Ein langer Flur, genauso vollgestopft mit Leuten, links und rechts gehen Zimmer ab, am Ende eine Terrasse. Ich sehe Jenny und Rike, die an einer der offen stehenden Terrassentüren lehnen, und steuere drauf zu, auch, weil ich das dringende Bedürfnis nach frischer Luft habe. Weiter hinten im Flur bleibe ich wieder in einer Traube Leute stecken.

»Oh Mann!«

Mein Ständer ist noch halb am Leben, manchmal vergisst er, sich zu beruhigen, hat halt Arbeitsmoral. Ich stoße ihn einem Typen vor mir, der einen Kopf größer ist als ich, in den Rücken. Er verzieht sich nach rechts, aber ich komme trotzdem nicht weiter, stelle mich auf die Zehenspitzen und sehe Jenny und Rike in einem der hinteren Räume verschwinden.

»Gibt's doch nicht«, sage ich laut und drehe mich um, aber da geht's auch nicht weiter. Der Gin fällt mir ein, und dass es ein Wunder ist, dass ich den bei dem Gedrängel noch nicht verloren hab. Ich schiebe die Flasche dicht an meinem Körper entlang nach oben. Schraube den Verschluss ab, setze an und trinke so gut es geht. Ich liebe Gin. Guter, gepflegter Rausch, Gefühl von erwachsenem Alkoholkonsum. Ich hebe die Flasche Richtung Deckenfunzel, noch halb voll, setze wieder an und trinke sie bis auf einen Bodensatz leer. Reiche sie rüber zu dem Typen, der sie wortlos nimmt und austrinkt. Ich schließe die Augen, der Gin breitet sich ganz langsam in mir aus, fühlt sich an, als würde er meine Beine hochkriechen, sich über meine Eier, den Schwanz, den Bauch in meine Brust hocharbeiten, und mein Herz mit brennenden, heißen Händen umfassen, es einmal kräftig schütteln, bis es wieder an die richtige Stelle zurückrutscht.

Ich liebe saufen. Wenn ich nicht mehr saufen könnte, wäre mein Leben vielleicht kein leeres Scheißhaus. Aber ein Scheißhaus wäre es schon.

Ein Spalt tut sich vor mir auf. Ich schlüpfe, so, als hätte wer meine Beine in die Luft gehoben, durch. Ist der Gin, kann nur er. Fliege ich? Keine Ahnung, aber so muss es sich anfühlen. Ich fliege schnurstracks auf die Terrasse zu und dort angekommen, inhaliere ich erst mal mehrere Liter Sauerstoff. Schaue dabei nach oben und betrachte die Sterne, die mag ich, aber jeder mag ja eigentlich Sterne. Heute Nacht mag ich sie besonders. Es ist fast Liebe mit mir und den Sternen.

»Wie schön ihr seid«, murmele ich, »ohne Scheiß jetzt, ihr seid echt voll schön.«

Ich lehne mich, den Blick nach oben, weit zurück und verschränke meine Hände hinter dem Kopf.

»Jungs«, sage ich diesmal lauter, »ihr seid die Schönsten, die es gibt.«

Jemand kichert. Ein Mädchen steht neben mir. Hat kurze Haare. Nicht Mädchen-normal-kurze Haare, fast Glatze. So wie ich. Krass.

»Ey«, ich stoße sie mit der Schulter an, »coole Frisur.«

Sie kichert wieder. »Du auch«, sagt sie und guckt nach oben in den Himmel.

Ich mache es ihr nach. Ein Gefunkele da oben, mir kommen fast die Tränen.

»Glaubst du, Sterne haben ein Gehirn?«

»Was?« Sie prustet los.

Ich sehe zu ihr.

»Ich meine, wissen die, wer sie sind und wie sie aussehen?«

Das Mädchen schüttelt lachend den Kopf.

»Mann, ich meine, so wie ich weiß, wer ich bin und wie ich aussehe.« Ich schaue wieder hoch. »Könnte doch sein«, sage ich, »können wir ja nicht wissen, was in nem Stern so abgeht.«

»Bist du denn sicher, dass du grade noch so genau weißt, was in dir abgeht und wer du bist?« Sie kichert wieder.

Ich gucke zu ihr. Sie hat riesige Augen, die gar nicht angemalt sind, null Schminke. Krass.

»Ich weiß immer, wer ich bin, du Hohlbirne«, sage ich und ziehe geräuschvoll eine Ladung Rotz die Nase hoch.

Sie lacht wieder und schaut zu den Sternen. »Na, du bist ja 'n Glückspilz!«

Einen sehr weiten Kapuzenpulli hat sie an und einen langen Rock, der bis zum Boden geht und so zigeunermäßig aussieht.

»Sag mal deinen Namen, Hohlbirne.«

Sie sieht weiter in den Himmel. »Du zuerst.«

»Nee, sag schon. Sonst bleib ich bei Hohlbirne.«

Der Gin breitet sich weiter in meiner Stube aus.

»Ich bin Jenny«, antwortet sie und guckt mich an. Obwohl es dunkel ist, kann man die Schatten unter ihren Augen sehen. Sie hat blasse Haut, matt leuchtend wie Milans, ein kleines Muttermal im rechten Mundwinkel. Mein Blick wandert tiefer.

»Du bist definitiv NICHT Jenny«, sage ich und deute auf Brusthöhe auf ihren Pulli. Höchstens Hügel sind da drunter. Ich beuge mich rüber und schnuppere an ihr.

»Wonach riechst 'n du? Keller?«

Sie bekommt ein ernstes Gesicht.

»Patchouli«, sagt sie und: »Ich mag's, verstehe aber, dass Leute finden, es riecht scheiße.« Sie fummelt an ihrem Rock rum, zwirbelt ein Stück Stoff zusammen.

»Erinnert mich«, sagt sie etwas leiser, »an früher oder so. Ich hab vergessen, an was genau, hoffe aber immer, wenn ich es draufsprühe, dass es mir dann wieder einfällt.«

Ich verstehe nur Bahnhof, hab aber im Moment auch null Anspruch an meine Auffassungsgabe. Sie ist hübsch, nicht Mädchen-normal-hübsch, aber schon irgendwie. Eher Gymnasium-hübsch vielleicht.

Ich hole tief Luft, sage: »Hohlbirne, ich muss los. Du scheinst ne komplizierte Lady aus nem Kellergewölbe zu sein. Hätte ich nicht so viel Gin intus, würde ich trotzdem mal nen Blick unter dein Pulli-Zelt da werfen und nachgucken, ob du die Pubertät schon erreicht hast. Jetzt aber muss ich mich auf die Suche nach der echten Jenny machen.«

Ich lächele und zeige der falschen Jenny meine Lücke. Warte kurz, dass die gewohnte Wirkung einsetzt, aber sie winkt nur einmal und dreht sich schnell um.

»Pffff …«, mache ich und drehe ab.

Der Gin pocht dumpf in meinen Schläfen. Mein Kopf fühlt sich an, als hätte wer sein Werkzeug drin vergessen. Alle meine Schrauben voll locker!, denke ich und muss lachen. Ich stolpere in das erste Zimmer und stelle meine Augen scharf, was nur zur Hälfte funktioniert. »Ich schau jetzt mal«, sage ich in den halbdunklen Raum hinein, »wo unser Glöckchen ist.« Fehlanzeige. Nur knutschende und fummelnde Achtklässler in jeder Ecke. Also stolpere ich wieder raus auf den Flur, der jetzt fast leer ist. Der Typ von vorhin lehnt mit geschlossenen Augen und einem Pappbecher in der Hand rotzbesoffen an der Wand.

»Hey«, sage ich zu ihm und stoße ihn an. »Hast du so ein Mädchen gesehen. Größte Titten hier. Mit Bleistift dazwischen. Sie heißt Jenny. Ach so: die richtige Jenny, nicht die falsche! Ich suche die RICHTIGE Jenny, verstehst du?«

Der Typ reagiert nicht, steht weiter mit geschlossenen Augen da.

»Ich darf doch«, sage ich und nehme ihm den Pappbecher aus der Hand. Schnuppere dran, riecht nach nix und durchsichtig, also Wodka.

»Spitze!«

Ich schütte mir den Inhalt des Bechers komplett in den Rachen. Für einen kurzen Moment mache ich die Augen zu und spüre dem Wodka nach, wie er in meinem

Magen ankommt und dem Gin in die Hacken steigt. Mir fällt ein, dass der Typ ja auch die Augen zuhat, und ich mache sie schnell wieder auf, denn das ist Tatsache ne krass schwule Kiste, wenn sich zwei Typen in nem dunklen Flur unter ner lila Deckenfunzel mit geschlossenen Augen gegenüberstehen.

»Danke«, sage ich, »war 'n ganz gutes Gespräch«, und drücke ihm den leeren Becher zurück in die Hand. Ich wanke weiter. Will Jenny dringend sehen, das spüre ich am ganzen Körper, obwohl das auch der Gin und Wodka sein könnten, die sich in mir drin verbrüdern. Ist mir eigentlich egal, wo das herkommt. Ich weiß nur, ich will sie jetzt sofort sehen und meinen Kopf in ihren Titten vergraben, in dieser Blümchenwiese, die Jenny heute Abend ist. Und zum ersten Mal merke ich, dass ich voll in Jenny verliebt bin. So fühlt sich das also an. Hab mich das immer gefragt und jetzt: ein Bauch voller Wärme. Hätte ich mir denken können.

»Jenny«, rufe ich, und es klingt, als würde ich ihren Namen singen. »Jenny« rufe ich noch mal und wieder klingt es so, ist ja peinlich. Hammer, was die Liebe mit einem macht!

Ich stolpere von Zimmer zu Zimmer, stoße mit dem Fuß insgesamt vier Jungs von vier mir unbekannten Mädchen in Blümchenkleidern runter und kassiere dafür insgesamt zwei Schellen, die ich nicht zurückgebe, weil sie mir eigentlich ganz guttun.

Im letzten Zimmer stehen die Jungs mit ein paar anderen im Kreis. Ich schwanke über die Türschwelle in den Raum hinein. Es ist so dunkel, dass ich kaum was erkennen kann. Ich stolpere, fange mich, und da sehe ich

Rike, die rechts neben dem Jungskreis an der Wand lehnt und mit weit geöffneten Augen zum Kreis starrt.

»Was geht 'n hier ab?«, frage ich sie, aber Rike reagiert nicht.

Einer der Jungs sieht mich, fängt an zu strahlen. »Guck mal«, sagt er und tritt einen Schritt zur Seite, »hat sie ihm zum Geburtstag geschenkt!«

Jennys Wunderhintern leuchtet in der Dunkelheit. Auf allen vieren ist sie, die Jungs um sie herum, hinter ihr Marco auf den Knien. Mit hängenden Armen und runtergelassener Hose schaut er auf seinen schon wieder schlaffen Schwanz wie auf etwas, das er zum ersten Mal sieht. Jenny folgt den Blicken der Jungs, die sich einer nach dem anderen zu mir umdrehen. Sie lächelt, als sie mich erkennt, lächelt mich an auf diese Art, wie sie es immer macht, kurz nachdem wir gefickt haben. Ich lächle zurück, und es tut gut, sie anzulächeln. »Endlich, da bist du ja«, sage ich und gehe einen Schritt auf sie zu. Schmecke was, ein bisschen Kotze, die hochgekommen ist. Aber ich kotze nicht, nie kotze ich vom Alk, hab ich mir abtrainiert, schon lang. Auch Marco erkennt mich jetzt. Er sieht aus wie damals, als er sich zum ersten Mal einen Milchzahn selber rausgerissen hat. Strahlend, mit knallroten Backen hat er ihn mir hingehalten, da war er noch gar nicht fett.

»Du hast heut Geburtstag?«, frage ich, und Marco nickt. Ich schwanke. Als einer der Jungs seinen Arm nach mir ausstreckt, um mich zu stützen, schlage ich ihn weg.

Ich mache einen Schritt nach rechts. »Willst du auch mal?«

Rikes Gesicht liegt jetzt ganz im Dunkeln. Bevor sie antworten kann, ziehe ich sie hinter mir her und aus dem Zimmer.

Im Flur bekommt sie ne Zunge. Zwei Mädchen sitzen im Bad auf dem Boden, die eine heult. Ich schiebe sie mit den Füßen Richtung Tür, bis sie aufstehen und raustorkeln. In der vollen Wanne schwimmen Bierflaschen und Kippen.

»Schließ ab«, sage ich, und Rike macht es.

Mir ist schwindelig. Ich setze mich auf die Klobrille, sitze vornübergebeugt, stütze die Arme auf die Oberschenkel.

»Alles okay?«, fragt Rike.

»Alles super. Geht gleich los.«

Sie hebt einen Plastikbecher vom Boden auf und läuft zum Waschbecken.

»Hier«, sagt sie und hält mir den vollen Becher hin.

»Ich brauch nix.«

»Wassertrinken hilft.«

Ich schüttele den Kopf.

»Doch! Bei mir immer.«

»Kannst du mal die Fresse halten?«

Rike macht einen Schritt zurück. Sie setzt sich mir gegenüber auf den Badewannenrand.

Ich schaue sie an. Hat höchstens schöne Augen, das war's aber auch. Sie guckt runter und auf den Boden. Keine von den Guten, war sowieso klar. Als ich aufstehe, sehe ich Sternchen und setze mich gleich wieder hin. Ich strecke den Arm aus.

»Gib her.«

Ich trinke den Becher in einem Zug leer und schmeiße ihn auf den Boden. Das mit dem Aufstehen wird vorerst nicht klappen. Rikes Hände hängen hinter ihr in der Wanne. Ihre Augenbrauen sind in der Mitte zusammengewachsen. Sie sieht aus wie ein Typ.

»Komm«, sage ich heiser.

Als sie aufsteht, um einen Schritt auf mich zuzugehen, tropft Wasser von ihren Händen auf den Boden.

»Mach auf«, sage ich mit Blick auf meine Hose, und ihre Finger sind kalt.

Er bleibt die ganze Zeit ein Toter. Irgendwann stoße ich sie weg, schaffe es hoch und raus auf den Flur.

Marco, umringt von den Jungs, steht unten neben dem Eingang. Den Kopf in den Nacken gelegt, die Augen geschlossen, steckt eine qualmende Kippe in seinem Mund, deren Rauch in einer geraden Linie zur Decke steigt.

Nutellas Gestalt taucht vor uns aus der Dunkelheit auf. Sie steht regungslos am Zaun und schaut uns entgegen. Würde am liebsten auf sie zurennen.

Am Zaun locken die Jungs sie mit Pfiffen. Aber sie bleibt, wo sie ist. Nutella, gutes Mädchen, immer vorsichtig ist sie, hab ich ihr beigebracht.

»Erzähl«, sage ich. Und Marco erzählt. Immer wieder deutet er auf den Hosenstall seiner Diesel, und ich zwinge ihn, genau zu sein, sich an alles zu erinnern, den Fickablauf, obwohl er kurz war, so gut es geht zu beschreiben, wieder und wieder, bis er keine Lust mehr hat. Erst dann winke ich die Jungs ran, die ein paar Meter weiter stehen und gierig zugehört haben.

Marco lehnt sich an einen Pflock, er streckt seinen Bauch raus und verschränkt die Arme hinterm Kopf.

»Jungs«, sagt er, »Wodka! Und zwar schnell!«

Einer reicht ihm die Flasche, ist nicht eine von unseren, ist ne gute. Ein Drittel Wodka ist noch drin. Marco setzt an, trinkt einen, trinkt zwei, drei, insgesamt acht Schlucke ohne abzusetzen, und sein Bauch bewegt sich dabei zitternd mit. Er wischt sich über den Mund, die Jungs grölen. Dann dreht er sich um, die Wodkaflasche baumelt in seiner Hand. Er rülpst. Wieder Grölen.

Nutella steht noch immer in sicherer Entfernung und schaut zu ihm hin.

»Ey«, sagt Marco und rülpst noch mal lauter, »Nutella, komm!«

Die Jungs stellen sich neben ihn, pfeifen ihr wieder zu. Ich halte mich weiter hinten, hasse es, wenn andere sie anfassen. Nutella zögert. Langsam kommt sie näher, bleibt schließlich einen halben Meter vor Marco stehen. Der hält die Wodkaflasche über den Zaun und ihr hin. Sie geht einen Schritt und schnuppert an der Flasche. Marco wiehert laut. Er schüttet ein wenig Wodka in seine hohle Hand.

»Trink!«, sagt er.

Nutella schnuppert wieder, wendet dann den Kopf ab.

»Trink!«

»Die will nicht«, sagt einer der Jungs und schaut über die Schulter zu mir.

»Und ob die will!«

Marco greift durch den Zaun, krallt sich Nutellas Mähne und tunkt sie mit der Nase in seine Hand. »Jetzt trink!«

Nutella schüttelt den Kopf, er reißt an ihrer Mähne.

»Nutella, du Nutte, jetzt trink endlich!« Er lacht.

Sie wendet den Kopf hin und her, aber er lässt nicht los.

»Komm«, sagt wieder einer der Jungs, »die will nicht.«

»NUTTE! NUTTE! NUTTE!«, schreit Marco lachend

und reißt weiter an ihrer Mähne. Sie stemmt sich dagegen, macht kleine Schritte vor und zurück.

»DU BESCHISSENE NUTTE, JETZT TRINK ENDLICH!« Marcos Stimme ist ein Kreischen.

Ich muss nur zwei große Schritte machen, springe von hinten auf ihn rauf, umklammere seinen Hals mit beiden Armen, schlinge meine Beine um seinen Bauch. Marco lässt Nutellas Mähne los, schnappt nach Luft. Mit mir auf seinem Rücken wankt er rückwärts, versucht, meine Arme von seinem Hals zu lösen, bis ich abspringe, ihn bei der Schulter packe und herumwirbele. Marco japst, ich hole weit aus. Sein Gesicht ist weich wie Pudding. Ich schlage noch mal zu. Marco taumelt ein bisschen, bleibt aber stehen. Der dritte Schlag löst Nasenbluten bei ihm aus. Die Flasche rutscht aus seiner Hand und zerspringt am Boden. Beim vierten Schlag hab ich das Gefühl, immer so weitermachen zu können. Es fühlt sich richtig an, in Marcos Fettgesicht hineinzudreschen, richtiger als vieles, was ich sonst in meinem Leben gemacht habe. Es fühlt sich vernünftig an und so, als ob die Welt lange darauf gewartet hat, dass ich es tue. Als die Jungs mich von Marco wegzerren, schaue ich nach oben in den Sternenhimmel, warte drauf, dass Gott mich lobt, für das, was ich gemacht hab.

Nutella wiehert laut. Marcos Gesicht ist blutüberströmt, schwankend steht er da.

»Marco«, sage ich, und meine Stimme klingt heiser, schaue auf meine Hand, die blutverschmiert, noch immer zur Faust geballt ist. Der Schmerz fährt hinein, plötzlich und umwerfend. Ich schaue wieder hoch und zu Marco, sehe ihn langsam kippen und nach vorne fallen.

Marco, the one and only Feder, begräbt mich unter sich.

Im Flur stehen Milans Turnschuhe ordentlich nebeneinander. »Schwuchtel«, murmele ich und trete dagegen. Ziehe mir das blutige T-Shirt über den Kopf und knalle es vor Mas Tür auf den Boden. Ich wanke durch den Flur, öffne die Jeans und pisse im Bad schön auf die Brille. Stolpere in mein Zimmer, trete Schuhe und Hose weg und lasse mich kopfüber aufs Bett fallen. Der modrige Duft von frisch gewaschener Bettwäsche steigt mir in die Nase, Ma muss es neu bezogen haben. Ich ziehe Kissen und Decke unter mir weg, sogar das beschissene Spannbettlaken, und schleudere alles zusammen vom Bett auf den Boden.

Irgendwann schrecke ich hoch. Tierisch trockene Kehle, greife neben mich, aber die Wasserflasche, die ich zu fassen kriege, ist leer. Ich spüre meinen linken Arm nicht mehr. Muss wohl schon einige Zeit draufgelegen haben. Ich versuche ihn hochzuheben, aber nichts zu machen. Er liegt da wie ein Fremder, gehört nicht mehr zu mir. Ich bin ein großes Stück Fleisch!, denke ich, ein großes schweres Stück Fleisch.

Hab nur kurz geschlafen, stelle ich beim Blick auf den Wecker fest. Das verstehe ich überhaupt nicht, so vollgetankt wie ich bin. Muss der Durst sein. Ich hieve mich hoch. Beim Aufstehen verknoten sich meine Beine, und ich falle mit dem Kinn vorneweg auf den Fußboden. »Scheiße«, sage ich einmal leise und einmal richtig laut: »SCHEISSE!« Ich tappe im Dunkeln zur Tür. Im Kühlschrank finde ich eine Flasche Sprudel und setze an. Explosionen im Rachen, Magen und Kopf. Geil, trinken, wenn man unglaublich durstig ist, hat irgendwas mit Sex zu tun. Für einen kurzen Moment hab ich das Gefühl, ich könnte ewig weitertrinken. Wohlige Schauer jagen mir über den Rücken. Ewig weitertrinken. So vieles wäre einfacher dann. Ich wäre auf eine Sache festgelegt, eine gute Sache. Viel trinken ist gesund. Immer trinken muss also noch gesünder sein.

Ich stelle die leere Flasche ins Spülbecken und drehe den Kaltwasserhahn auf. Das Wasser läuft, bis die Flasche voll ist, bis sie überläuft. Ich lasse es laufen, mache das Licht aus und schlurfe in den Flur.

Erst ein leises Knacken, DAS Knacken. Gibt kaum was in meinem Leben, das ich besser kenne, als das Knacken kurz bevor sich Mas Schlafzimmertür öffnet. Ich halte die Luft an. Nein!, denke ich. Und dann, so laut ich es in meinem Kopf kann, noch mal NEIN! Es nützt nichts. Milan schiebt seinen Kopf durch die Tür, steht vor mir, ist nackt, wie ich. Ich halte die Luft an, und ein gepfiffenes ›Nein‹ bahnt sich seinen gewohnten Weg durch die Lücke. Milan zuckt zusammen, bleibt abrupt im Türrahmen stehen und versucht sich zu orientieren. Die Dunkelheit ist keine Dunkelheit mehr, sondern was, an das ich mich plötzlich gewöhnen könnte. Ich seufze. Ein Ziehen in der Brust, ein wuchtiger Abschiedsschmerz fällt mich an: ohne diese Angst sein, unvorstellbar. Ich sehe Milan an und kann nicht anders: Von seinem Gesicht gleitet mein Blick auf seinen Riesenschwanz. Er war im Einsatz, das ist ihm deutlich anzusehen, und er muss mal. Milan starrt mich an, steht völlig regungslos, wie ich. Für immer Nacht!, denke ich. Und: stillstehen, nichts tun, sich um nichts kümmern! Das Schlimmste!, denke ich, das Allerschlimmste wäre, wenn er sich als Erster bewegt, vielleicht sogar was sagt, irgendwas stammelt, dazu vielleicht eine Bewegung mit der Hand macht, eine, die nicht aussieht wie von ihm. Nichts sagen bitte!, denke ich, lass die Worte in Ruhe, Milan! Ich weiß nicht, was passieren würde, ich würde sicher zerbröseln. Das will ich nicht! Mein Herz wummert. Milan steht immer noch da wie angewurzelt, und so ergreife ich meine Chance.

Mit einem großen Schritt bin ich bei ihm. Ich packe seinen Kopf mit beiden Händen, beuge mich vornüber und presse meinen Mund auf seinen. Halt's Maul, Milan!, denke ich so laut ich kann, halt dein beschissenes Maul!, und Milan ist überrumpelt, ich spüre es, gibt unter mir nach, wie ne Portion Eis, die wegschmilzt. Endlich. Das erste Mal. Hab ich dich, Hai. Hab ich hab ich hab ich dich! Es passiert ganz von selbst: Meine Zunge bohrt sich in seinen Mund, ich stecke sie ihm sehr tief rein, suche, suche, und plötzlich, da ist es ganz deutlich: So schmeckt sie also, so schmeckt Ma. Da unten.

Ich schiebe Milan zur Seite und stoße die Tür auf. Im Zimmer ist es dunkel, aber nicht finster. Die Rollos sind hochgezogen, das Fenster steht offen. Meine Augen suchen das Bett, auf dessen Rand ich an jedem Morgen von jedem Tag meines beschissenen kleinen Lebens gesessen habe. Mas nackte Beine hängen über die Bettkante, genauso wie Jenny das immer macht. Ich erkenne sie im ersten Moment nicht, so sehr sieht sie wie Jenny aus oder irgendeins der anderen Mädchen, die ich gefickt hab. Sie richtet sich erschrocken auf, einen Augenblick lang schauen wir uns an, und sie sieht nicht aus wie Ma, sie sieht aus wie jemand, der auf keinen Fall Ma sein kann, und dann stürme ich auf sie zu, werfe mich auf sie, umklammere ihren nackten Körper und presse mein Gesicht an ihre Brust. Sie riecht, wie sie die letzten sechzehn Jahre gerochen hat, nur intensiver, die Haut heiß und klebrig. Mir wird schwindelig, aber ich drücke sie weiter an mich, während sie auf mich einschlägt, versucht, sich aus der Umklammerung zu befreien. »Luis«, schreit sie wieder und wieder, »Luis, hör auf!« Irgendwann lasse ich los, stolpere an dem erstarrten Milan vorbei aus dem Zimmer, aus der Wohnung, die fünfzehn Stockwerke runter und aus dem Haus.

Seit Ewigkeiten sitze ich im Schneidersitz auf der Wiese, kommt mir so vor. Der Himmel: von erstem Licht durchzogenes Blau. Obwohl ich nackt bin, friere ich nicht, nicht mal am Hintern. Die Sonne kämpft sich nach oben. Die Sonne, meine Freundin, die so lange meine Feindin war, an jedem Abend, der kam. Ich schaue nach oben und sage: »Hab ich dich endlich, du alte Sau!«

Die Vögel fliegen sehr tief. Sind das Schwalben? Das weiß ich von Jablonski, dass Schwalben Regen bedeuten. Also bitte. Komm doch. Mach mich nass. Ich versuche aufzustehen und mein linkes Bein unter meinem rechten vorzuziehen, aber keine Chance, eingeschlafen, es schmerzt unheimlich. Ich höre sofort auf und gebe mich dem Sonnenaufgang hin. Ein rotes Leuchten über allem, die Blätter der Bäume am Ufer reflektieren es genauso wie der Fluss. »Schön«, sage ich sehr leise, und plötzlich laufen Tränen aus mir raus. Weil ich selten weine, ist das jetzt irgendwie ein Event. Muss von der ganzen Atmosphäre kommen. Ich umfasse meinen rechten Fuß, der sich nicht mehr wie mein eigener anfühlt, und das beruhigt mich. Als wäre ich nicht allein. Als würde ich Händchenhalten mit dem Fuß von jemand anderem.

Als ich um die Ecke biege, steht Nutella ganz nah am Zaun. Hat auf mich gewartet, wusste, dass ich komme. Ich gehe langsam auf sie zu, berühre mit der Hand ihre Nase. Warm ist die. Streichele sie, wieder und wieder.

Suche die Stelle. Da ist sie. Ein paar Blutflecken. Ich schiebe die Zehen drüber, aber sind schon lange trocken. Die haben Marco von mir runtergezogen, bin aufgestanden und losgelaufen, ohne mich noch mal umzudrehen.

Gehe vor Nutella in die Hocke. Auf dem Bauch rutsche ich über den nassen Wiesenboden unter der Leitung durch. Kleine Grasbüschel bleiben an meiner Haut kleben, schaffe es, ohne einen Schlag zu bekommen, auf die andere Seite und richte mich auf. Nutella guckt ins Nichts. Ihr Fell ist warm und weich, und weil ich jetzt doch friere, drücke ich mich an ihren Bauch. Sie riecht eigentlich ganz gut, finde ich, schon nach Pferd, aber nicht unangenehm. Ich umarme sie fest, »Du Gute«, sage ich, und Nutella schnaubt. Ich merke, dass schon wieder Tränen kommen, schlucke sie runter, weil ich mir sicher bin, dass meine Drüsen zweimal Heulen innerhalb einer Stunde nicht auf die Reihe kriegen. Ich umfasse Nutella noch fester, hab mich immer gefragt, was passiert, wenn ich mich mal auf sie draufsetze. Mit einem Ruck versuche ich mich auf ihren Rücken zu stemmen. Es klappt nicht, rutsche an ihr runter, versuche es noch mal, aber nichts zu machen. Den alten vergammelten Holztisch, der seit Jahren weiter hinten unter einem Baum steht, ziehe ich an zwei Tischbeinen rüber. Vorsichtig steige ich mit einem Fuß drauf. Es kracht ordentlich, als ich auch den zweiten Fuß auf den

Tisch stelle, aber er hält. Nutella schnaubt, ihre Mähne zuckt. »Ruhig«, sage ich, hole tief Luft und schwinge mit einer schnellen Bewegung ein Bein über ihren Rücken. Beim Abstoßen bricht der Tisch unter mir weg. Einen kurzen Moment hänge ich in der Luft, über meinen Schwanz streicht der Wind, und meine Eichel wischt über Nutellas Fell.

Meine Eier sind die ersten auf ihrem Rücken. Der Schmerz ist unbeschreiblich, Wasser schießt mir in die Augen. In meinem Ohr ein Piepsen und Gottes leise Stimme: ›Hallo Luis, deine Bälle sind jetzt meine Bälle!‹ Kampf gegen Ohnmacht. Dann, sehr langsam, lässt der Schmerz nach, und ich kapiere, dass ich Tatsache auf Nutella draufsitze.

»Komm«, sage ich, »trag mich ein bisschen«, und sie schnaubt wieder. Ihre zuckende Mähne, dann setzt sie sich in Bewegung. »Secrezien«, flüstere ich so leise, dass nur Nutella und ich es hören können. Und Gott, klar. Aber der hat ja auch die größten Lauscher von allen.

Es dämmert. Drücke die Nase in meine Armbeuge und atme den Duft ein. Ich rieche nach ihr. Satter, pferdiger Duft. Nutella, mein Mädchen, hab dich überall auf meiner Haut. Ich nehme die kleinen Schleichwege. Zur Sicherheit. Ist aber noch früh genug. Die Straßen sind leer. Eine Frau, die sehr müde aussieht, schiebt einen Kinderwagen in meine Richtung. Ich springe hinter ein Gebüsch, warte, bis sie vorbei ist. Barfußlaufen. Das letzte Mal kommt mir hundert Jahre her vor. Ich spüre die Kippenstummel unter meinen Füßen, kleine Steinchen und Äste. Ich schaue nicht nach unten, manchmal erwische ich einen Kronkorken, aber humpele weiter. Irgendwann kommt eine, die joggt. Ist mir egal. Sie läuft auf mich zu, wird schneller und schneller, zischt schließlich an mir vorbei. Denkt sicher, ich bin ein Irrer.

Auf der Brücke kurz vor der großen Kreuzung bleibe ich stehen. Ich schaue in den Fluss und drücke meinen Schwanz gegen das Metall des Geländers. Kühle, harte Kringel. Als Kind war ich mit dem Kopf auf ihrer Höhe, hab manchmal meine Zunge durchgesteckt, ich mochte den metallischen Geschmack. Jetzt schiebe ich meinen Schwanz durch und pisse los. Es dauert, bis der Strahl auf die Wasseroberfläche trifft. Meine Pisse schwimmt mit dem Fluss davon. »Adiós!«, sage ich.

Hinter der Kreuzung liegt das Schulgebäude im Schatten der großen Eichen. Die Blätter sind dunkelgrün und saftig. Ich hab nicht viel zu tun mit Natur, aber Eichen mag ich. Zwei Bäume gibt es vor unserem Block, beides Eichen. Ich weiß das nur, weil Jablonski mir gesagt hat, dass es Eichen sind, und dass die da schon länger stehen, als es unsere Siedlung gibt. Doppelt so lang oder dreimal so lang. Ab da hatte ich Respekt vor denen, davor hab ich zu allen Bäumen nur Baum gesagt. Hab manchmal Eichenblätter vom Boden aufgesammelt, sie oben in der Wohnung auf meine nackte Haut gelegt und mit Kuli umrandet. Auf den Bauch, die Beine oder Arme. So bin ich in Mas Zimmer gestürmt, hab gerufen: »Ich bin ein Baum, ich bin ein Baum, ich beschütze dich.« Ma hat gelächelt: »Großes starkes Bäumchen«, hat sie gesagt. Und ich weigerte mich zu baden. Ging mit zur Seite ausgestreckten Armen neben ihr her: »Meine dicken Äste!«, sagte ich, wenn ich sie zum Netto begleiten durfte. Es dauerte manchmal fast zwei Wochen, bis die letzten Kuli-Blätter ganz verschwunden waren.

Ich bücke mich und hebe eins der Blätter auf. Die große Tür am Haupteingang ist natürlich verschlossen. Stemme mich mit ganzer Kraft dagegen, sinnlose Aktion. Wie oft hab ich mir früher vorgestellt, ich komme morgens hierher und die Tür ist zu: Schule geschlossen. Ich schaue mich um. Niemand zu sehen. Auch der Nebeneingang zu den Werkräumen ist dicht. Ich gehe an den Fahrradständern vorbei über den Schulhof. Hinter dem Sportplatz steht die Bank, auf der ich Jenny das erste Mal unters Shirt bin. Es war hellgelb, knalleng und ging ihr nur bis knapp unter die Titten. Sie hat neben mir gesessen und nach oben in den Himmel geschaut, ein Calippo vom Schulkiosk in der Hand, an dem kleine Wassertropfen runterliefen. Hab plötzlich die Hand ausgestreckt und ihr das Calippo gegen eine ihrer Titten gedrückt. Sie ist zusammengezuckt, aber ich hab das Calippo nur noch fester dagegengepresst. Jenny sah mich an, sie wehrte sich nicht. Nach dreißig Sekunden ließ ich los. Ein nasser Fleck, ihr Nippel stand aufrecht. Ich schob meine Hand unter das Shirt und nahm ihn zwischen zwei Finger, drückte ihn, wieder und wieder und bis Jennys Mundwinkel zu zucken anfingen. Dann schloss ich meine ganze Hand um ihre Titte, beugte mich rüber und verpasste ihr ne Zunge.

Der Werkzeugschuppen vom Hausmeister, der an das Hauptgebäude rangebaut ist, hat acht kleine Fenster. Beim sechsten hab ich Glück. Ich klemme mir das Eichenblatt zwischen die Lippen, schütze mit einer Hand meine Eier, als ich mich durchzwänge, lande ungeschickt auf einem Fuß und knicke um. Tut weh, aber merke gleich: nicht schlimm.

Ich steige die Treppen zum Erdgeschoss hoch. Der Schulflur ist mit großen schwarzen Kacheln gefliest. Es patscht laut, als ich ihn runtergehe. Die Sonne fällt durch die Glastüren. Das Eichenblatt zwischen beiden Handflächen, springe ich auf die lichten Flecken. Die Treppe rauf zur Fünf. Ich reiße die Tür auf, bin geblendet, die Sonne knallt ungehindert durch die großen Fenster. Der

Schrank hinten links ist vollgestopft mit Büchern, ein Atlas fällt mir auf den Umknick-Fuß. Ich jaule kurz auf, knalle die Schranktür wieder zu und trete mit dem anderen Fuß dagegen. In der Sechs nix, in der Sieben nix. Im Chemie-Saal sind alle Schränke verschlossen. Das Blatt lege ich auf das Lehrerpult und gehe zurück zur Fünf. Ich baue mich vor dem Heizkörper auf, hab es lange nicht gesehen, bekomme es aber gleich zu fassen: DAS MESSER. Marco und ich haben es vor knapp drei Jahren in der Raucherecke hinter den Mülltonnen gefunden. Ist ein klassisches Springmesser mit schwarzem Schaft und seitlich rausschnellender Klinge. Blut war keins dran, aber kann ja abgewischt worden sein. Wir haben's erst mal lieber nicht angefasst, Fingerabdrücke und so. Haben gewartet, bis die letzte Stunde um war, es in Marcos Hemd gewickelt und in der Fünf hinter dem letzten Heizkörper versteckt. Da ist so ein längliches Loch in der Wand, in meinem ersten Jahr hier hab ich oft Süßigkeiten drin versteckt. Das Messer passte jedenfalls grade so rein. Seitdem liegt es dort. Außer uns beiden weiß nur Milan davon. Marco und ich holen es ganz selten raus, um nachzusehen, ob es rostet. Manchmal, wenn einen die Schule oder irgendein Lehrer krass ankotzt, tut es aber gut vor dem Heizkörper rumzustehen, und zu wissen, dass es da ist.

Allan hat mir das mal gezeigt: Messer leicht schräg halten, eine kurze, ruckartige Bewegung. Die Tür springt sofort auf. Reagenzgläser, kleine Säckchen, eine Zigarettenschachtel neben einem Corny. Kein Kittel oder so was. Ich reiße das Corny auf und setze mich damit aufs Lehrerpult, zeichne mit dem Messer das Eichenblatt nach. Elf Zacken. Die meisten Blätter haben zwischen neun und elf Zacken. Einmal hatte ich eins mit vierzehn. Hab ich mir auf die Stirn gepaust. Ich gucke aus dem Fenster. Man kann die Fenster nicht mehr öffnen, seit hier mal ein Sechser rausgesprungen ist. Matsch war der.

Die leere Corny-Packung knülle ich zusammen, schmeiße sie nach vorne Richtung Tafel. Chemie, für'n Arsch! Milan ist gut in Chemie. Milan ist in allem gut. Ich wusste immer, wenn mich mal einer umfickt, dann der Hai.

Ich verlasse den Chemiesaal wieder, unser Klassenzimmer ist am Ende des Flurs. Auf meinem Platz fahre ich die Filz- und Bleistiftlinien mit den Fingern ab. Übersät mit meinem Zeichen.

Ich zähle, breche irgendwann ab. Zu viele. Die aufgeklappte Tafel ist schlecht gewischt: Zahlen und Zeichen. Mathe, für'n Arsch! Milan ist gut in Mathe, ich nicht. Das Klassenzimmer ist dunkler als der Chemiesaal. Eine der Eichen drückt ihre Äste gegen das Fenster, lässt nur eine kleine Lücke, durch die Sonnenstrahlen auf Milans Platz direkt neben meinem fallen. Leuchtet wie Gold. Langsam rutsche ich von meinem Stuhl auf seinen. Die Beine ein Stück auseinander, und mein Schwanz gleitet auf die Sitzfläche. Lege die Hände ins Leuchten, alles ist warm. Ich sinke mit dem Kopf auf den Tisch, bleibe so, bis die Sonne weg ist.

Die steile Treppe zu den Umkleiden liegt im Dunkeln. Auf der letzten Stufe stolpere ich und knalle gegen die Wand. Es ist vollkommen finster. Ich warte auf einen Anfall, aber es kommt keiner. Mit den Händen taste ich mich an der Wand entlang zur Mädchen-Umkleide. Ich stoße die Tür auf. Dort ist es sogar noch dunkler als draußen im Gang. Vorsichtig tastend gehe ich voran. Riecht nicht anders bei denen als bei uns. Schweiß und Putzmittel. Ich biege im Dunkeln um die Ecke, stoße gegen was. Eine der Bänke wahrscheinlich, die stehen bei uns auch. Die Bänke, durch deren Ritzen wir in der Sechs immer unsere Grünen geschossen haben. Man musste gut zielen können und einen starken Grünen produzieren, der vom Schleim her fest genug war, um ihn in einer geraden Spucklinie Richtung Ritze zu tropfen. Das ist schwer, und man braucht viel Übung. Ich bin damals oft nachmittags wiedergekommen, hab mit Spucke so lange trainiert, bis meine Zunge am Gaumen klebte. Als nichts mehr ging, hab ich mit Duschgel aus dem Duschraum weitergemacht, hat fast die gleiche Konsistenz. Wochenlang hab ich bei jedem Schluck Wasser aus dem Mund geschäumt. Sogar meinen ersten Zungenkuss hab ich mit Duschdas verfeinert. Aber ich war schnell der Beste bei den Bänken. Keiner hat was gemerkt. Die ganze restliche Sechs über war ich: Luis The Ritzenrotzer-King!

Ich stemme im Dunkeln meine Hände gegen die

Wand und rutsche sofort in die richtige Position. Der Winkel muss stimmen, ich spüre, dass ich ihn erwischt habe, bin aber gewachsen seitdem. Ich fühle das alte Kribbeln, das sich immer eingestellt hat kurz vorm Rotzhochziehen. *Ruhig*, sagt der Trainer, *konzentrier dich*. Das Geräusch hallt durch die Umkleide, dann wird es still. Der Grüne liegt ganz hinten auf meiner Zunge, fast noch im Rachen. Ich hole ihn vor auf die Spitze, drücke ihn vorsichtig gegen den Gaumen. Die goldene Regel: Den Grünen zerdehnen, sonst ist er zu klumpig, aber vorsichtig, sonst wird er zu soßig. Der süßlich-salzige Geschmack des Grünen breitet sich in meinem Mund aus. Ich vermenge ihn mit Speichel, spitze die Lippen. Einen engen, harten Ausgang müssen die Lippen formen, und die Zunge stößt ihn dann raus. Ein sachtes Stoßen ist es, eins, das die Hälfte zählt. Der Grüne tropft, ich halte ganz still. Den Tropffluss niemals zu früh abbrechen, sonst könnte passieren, was den meisten passiert: Der Grüne vertropft sich. Er muss sich selbst lösen, du musst dem Grünen vertrauen.

Ich horche. Gehe in die Knie und streiche mit einer Hand über die Bank. Der Mittelfinger erwischt ihn, nass und glitschig. Ich haue mit der Faust gegen die Wand, wieder und wieder. Ich war der Beste. Der Allerbeste.

Oben in der Turnhalle ist es still. Die Morgensonne empfängt mich, ich atme aus. Sie hat sich die Sprossenwand ausgesucht und knallt sie zu. Das kleine Büro am Ende der Halle, in dem Knittel sich manchmal Notizen macht, wenn wir Fußball spielen, steht offen. Neben dem Schreibtisch steht die Liege, auf der sich die Mädchen oft ausruhen, wenn sie ihre Tage haben und auf der ich kurz lag nach meinem Bocksturz. Im Schrank daneben hängen drei einsame Kleiderbügel aus Draht. Ich trete gegen den Schrank, knalle die Tür hinter mir zu und gehe rüber zum Geräteraum. Durch die kleinen Fenster an der Hinterwand fallen Sonnenstrahlen. Staubkörnchen im Licht. Drei Mattenstapel sind unter die Fenster geschoben. Die kleinen, dünneren Matten. Die, auf denen es trotzdem wehtut, wenn man sich hinhaut. Ich lasse mich auf den mittleren Stapel fallen und atme den Gummiduft ein. Halte das Messer über mir in die Luft und schiebe die Klinge zurück in den Schaft. Drücke auf den Knopf, und sie schnellt wieder raus. Ich hebe den Rücken leicht an, lege mich drauf. Ganz kühl auf der Haut. Taubengurren. Drehe den Kopf nach hinten und schaue hoch zum Fenster. Der spitze Schnabel pickt gegen das Glas. Mit den Händen fahre ich über die geriffelte Oberfläche der Matte. Die Taube pickt. Milan ist gut in Sport. Ich nicht. Die Taube pickt. Ich wollte auch nie gut in Sport sein. Ich wollte ein guter Ficker sein und ein guter Freund. Die Taube pickt. Beides hab ich hingekriegt. Dachte ich.

Es ist noch viel einfacher: Du musst aus der Regenrinne saufen! Ob du groß bist oder nicht. Auch wenn du klitzeklein bist, dann erst recht. Was zählt, ist, und ich weiß nicht, wie oft ich das hier noch sagen muss: Der Plan, den du dir machst. Und es ist scheißegal, ob du dir ne Leiter hinstellst, übers Dach kommst, ob du wächst, bis du Höhe kriegst wie 'n Baum. Denn eins muss dir völlig klar sein, eins musst du dir einfach tattoomäßig in deine Oberstube einstechen: Wenn du's nicht bis zur Rinne schaffst, bleibt dir nur: aus den Pfützen am Boden saufen.

Ohne mich. Nie werd ich das wollen. Meine Zunge mach ich lang, bis sie in die Rinne hängt. Und wenn ihr andere Pläne hattet, wenn ihr ernsthaft anders unterwegs gewesen seid bis jetzt, seid ihr Vollhohlbirnen, dann seid ihr schlicht und einfach Leute, die sich massiv beeilen sollten.

»Wach auf, Luis!«

Ich blinzle. Weiß nicht, wo ich bin. Aufsteigender Gummiduft, jetzt weiß ich's wieder. Knittels Kaffee-Atem. Er starrt mich noch eine Sekunde an, dann verschwindet er hinter der großen Matte. Ich schaue ihm nach, der Riesenschlüsselbund klimpert. Mir ist kalt. Es knackt, ich schließe die Augen. Spüre etwas Weiches auf der Brust und fasse hin. Knittels grauer Jogging-Pulli.

»Los, zieh das an!«

Er steht neben mir, schaut weg. Sein ausgestreckter Arm hält mir auch noch die graue Jogging-Hose hin. Ich richte mich auf, sehe an mir runter. Mein Schwanz liegt zusammengeschrumpelt auf der Matte. Ich hasse ihn, wenn er nicht am Leben ist. Schnell ziehe ich mir den Pulli über den Kopf. Eine Mischung aus Schweiß und Gummi steigt mir in die Nase. Knittel wirft die Hose neben mich auf die Matte. »Ich warte draußen«, sagt er, ohne mich anzusehen. Beim Rausgehen streift seine Hand einen Bock, sieht ein bisschen so aus, wie wenn ich Nutellas Rücken tätschele.

Ich stehe auf und steige in die Hose. Ist mir, wie der Pulli, viel zu groß. Dass Knittel so ein Brecher ist, war mir irgendwie nicht klar. Kommt bestimmt vom ZUklugsterbenwollen, dass er so klein wirkt. Ich drehe mich um, das Messer liegt auf der Matte und glänzt in der Sonne. Ich stecke die Klinge zurück in den Schaft und verfrachte es in die Pullitasche. Als ich aus dem Geräteraum komme, steht Knittel mit dem Rücken zu mir mitten in der Halle direkt neben einem Lichtfleck. Der Schlüsselbund baumelt in seiner Hand. Ich gehe um ihn rum, bleibe vor ihm stehen. Knittel hat den Rabattenblick, er starrt ins Leere. Ich baue mich vor ihm auf, aber er starrt durch mich durch, und ich verschränke die Arme vor der Brust. Dabei fängt die Jogging-Hose an zu rutschen. Ich halte sie fest und räuspere mich. Er wacht auf, schaut mich kurz an und gleich wieder weg. Macht eine schnelle Handbewegung Richtung Ausgang und marschiert los.

Draußen: Blick zum Himmel, immer noch Schwalben in Greifnähe, ein paar Wolken, aber Sonne. Knittel schmeißt Zeitungen und leere Wasserflaschen auf die Rückbank. Ich steige ein, halte die Hose dabei am Bund fest. Knittel startet. Der Scheibenwischer wischt über die trockene Scheibe, das quietscht. »Kaputt«, sagt Knittel, dann ist er still. Wir fahren eine Weile so, der Scheibenwischer quietscht. Ich zähle wieder Bäume und mir fällt auf, dass welche fehlen. Ist mir egal, solange es keine Eichen sind. Ich drehe mich zu Knittel, er schaut gradeaus auf die Fahrbahn. Seine Stirn wie immer in Falten, hat mich vergessen.

Ich greife in die Pullitasche und hole das Messer raus. Es schnappt laut, als die Klinge aufspringt. Ich richte es auf Knittel. Der hat das Schnappen nicht mitbekommen, starrt auf die Fahrbahn. Ich halte den ganzen Weg bis zur Siedlung das Messer auf ihn gerichtet, aber er merkt nix. Einmal, als er in letzter Sekunde um eine Ecke biegt, fällt es mir sogar runter, landet hinterm Schaltknüppel, den Knittels Hand umschließt, aber er guckt nur weiter gradeaus.

Als wir beim Block ankommen, bremst er und schaut zu mir rüber. Er zuckt zusammen, als er das Messer sieht. Ich schüttele den Kopf und sage: »Knittel, Knittel. Sie haben ne psychische Sache, das wissen Sie, oder? Jetzt wenden Sie mal da vorn und dann sage ich Ihnen, wie's weitergeht.«

Wir schaffen es in einer Stunde. Ich gehe nicht einmal pissen, zweimal muss ich Knittel das Messer gegen den Oberarm pressen, damit er das Gaspedal ganz durchdrückt. Wünsche mir Regen gegen das ständige Quietschen des Scheibenwischers, aber der Himmel treibt nur Schäfchenwolken auf uns zu, mehr nicht.

Der Parkplatz ist leer.

Ich nicke Knittel zu. Er steht mir gegenüber mit dem Oberkörper an die Fahrertür gelehnt und starrt mich an. Ist was in seinem Blick, das ich nicht kenne. Ich tippe mit dem Messer auf das Autodach. Ein helles, blechernes Geräusch ist zu hören, und ich nehme mir vor, es in meinen Geräusche-Charts in den Top Twenty einzuordnen. Knittel schließt ab, kommt vorne um die Kühlerhaube rum und bleibt vor mir stehen. Ich ziehe mit dem Messer mehrere Kreise durch die Luft, was bedeuten soll: Beweg deinen Arsch, und treibe ihn vor mir her zur Talstation. Die Kasse ist geschlossen, die erste Bahn fährt erst in einer Stunde. Knittel dreht sich zu mir um, er sieht erleichtert aus.

Ich stemme die Arme in die Seiten, schaue zum Himmel. Sieht mittlerweile doch nach Regen aus. Weiter vorn zeigt ein Pfosten mit mehreren Schildern dran die Möglichkeiten an. Ich halte mit dem Messer auf den Pfosten zu. »Zu Fuß«, sage ich, und die Messerspitze blitzt vor Knittels einfallendem Gesicht auf. Er schaut auf meine nackten Füße, und ich folge seinem Blick, sehe dann rüber zu seinen. Er trägt Turnschuhe, Reeboks von vor hundert Jahren. Boote. Schuhgröße 50, mindestens.

»Die passen dir nicht«, sagt er schnell.

Ich starre weiter drauf.

»Warte«, sagt Knittel und marschiert los Richtung Opel.

»Ey«, rufe ich, »hierbleiben!«

Er zieht im Gehen den riesigen Schlüsselbund aus seiner Cordhose, klirrend überquert er den Parkplatz, läuft um den Opel rum und macht sich am Kofferraum zu schaffen. Die Tür schwingt nach oben auf, und sein Kopf verschwindet im Innern des Autos. »Hierbleiben!«, brülle ich noch mal und laufe ihm hinterher, ramme, als ich am Auto ankomme, den Messerschaft gegen die Beifahrerscheibe, doch da knallt Knittel die Kofferraumtür auch schon wieder zu. An zwei seiner Finger baumeln Flip-Flops. Rot-weiß-gestreifte Sohle, neongrüne Riemen. Ich starre sie fassungslos an.

»Ich gehe gern schwimmen sonntags. Mir sind die zu klein, die regulären Größen hören bei 46 auf«, sagt er, und als ich zu ihm aufschaue: »Besser als nichts.«

Wir folgen dem Pfeil nach rechts und gehen ein Stück die Straße entlang. Die Flip-Flops federn knallend auf den Asphalt. Sie passen eigentlich ganz gut. Einen Knoten hab ich in den Bund der Hose gemacht und das Messer in die Pullitasche gesteckt. Knittel läuft vor mir her, wenn er sich umdreht, pikse ich das Messer durch ein noch nicht gestopftes Loch, praktisch. Die Luft ist klar. Naturluft, nicht Stadtluft. Ich atme tief ein, fülle meine Lunge damit.

Weiter vorn ragen riesige Sprungschanzen in die Höhe. Als wir bei ihnen ankommen, pfeife ich einmal, und Knittel hält an. Beide starren wir nach oben, folgen der Krümmung, die die größte der fünf Schanzen macht. Dass es die auch ohne Schnee gibt, daran hab ich irgendwie nie gedacht. Seit Jahren gucke ich mir das im Fernsehen an. Vierschanzentournee rauf und runter. Das ist HA-Training im Kopf: Du musst dich reinversetzen, dir vorstellen, du bist es, der da oben in einem von diesen knallengen Gummianzügen auf dieser Bank sitzt, die immer so mickrig aussieht, das kleine schmale Brett, von dem sich die Springer abstoßen. Obwohl Abstoßen nicht das richtige Wort ist: Die lassen einfach nur los. Heben ihren Hintern, lösen die Hände vom Brett, und dann schießen sie auch schon davon. Nur einmal war ich oben auf dem Fünfer, vor einem Jahr war das. Meine Beine haben gezittert wie Scheiße, und ich dachte, gleich mache ich mir in die Hose und jeder im Freibad kann sehen, wie mir die Pisse am Bein runterläuft. Ganz vorne an der Kante war ich, hab runtergestarrt und gedacht: NIEMALS! Aber dann stand der Trainer in mir auf und sagte: *Denk an die Springer! Du willst doch auch ein Springer sein und nicht einer, der jetzt die ganzen Stufen vorbei an den Erst-, Zweit- und Drittklässlern wieder runtersteigen muss!*, und ich: Ja, stimmt, ich will auch ein Springer sein! Aber es ging nicht, niemals niemals niemals!, dachte ich und starrte aufs Wasser und dann, ganz plötzlich, war ich in der Luft.

So ist das mit den Sachen, von denen du denkst, dass du sie niemals packst. Irgendwas in dir lässt dich springen. Bei mir macht das der Trainer. Diese Art von Entscheidungen trifft immer der Trainer für mich, und die Mannschaft führt sie dann aus.

Wir gehen unter der Zuschauertribüne durch, überqueren den Fluss auf einer kleinen Brücke, gehen bergauf Richtung Schotterweg. Faltenbachtobel steht auf dem Schild. Die Sohle der Flip-Flops ist dick, nur manchmal spüre ich einen besonders spitzen Stein, der sich unter den Zehen durch das Gummi drückt.

Wir folgen dem Bach, gleich am Anfang gibt es einen großen Wasserfall. So sieht das also in Wirklichkeit aus. Ich bleibe stehen, verdaue den Anblick der Wassermassen, die steil am Fels hinunterstürzen. Es sieht gar nicht beruhigend aus, wie ich immer dachte, es sieht aus wie eine krachend klare Angelegenheit. Ich treibe Knittel an, weiterzugehen. Steile Steinstufen ziehen sich am Bach entlang nach oben, sein Schlüsselbund klirrt in der Hosentasche bei jedem Schritt. Weil Wasser vom Wasserfall auf die Stufen spritzt, ist es extrem rutschig, die Sohlen der Flip-Flops glitschen rechts und links unter meinen Füßen weg, die Riemen schneiden ins Fleisch. Ich stolpere über Steine, über Wurzeln, die sich zwischen den

Stufen durch die Erde gedrückt haben. Zweimal muss ich mich an Knittel festhalten, der dicht vor mir hergeht. An einem quer über dem Weg liegenden Ast bleibe ich mit einem Flip-Flop hängen, und er rutscht mehrere Stufen tief ab, die ich alle runter- und wieder raufsteigen muss. Ich fluche. Knittel steht oben, wartet, den Rabattenblick auf den Bach gerichtet. Dann hangeln wir uns weiter. An besonders steilen Stellen gibt es Gittertreppen mit dünnen Stahlseilen als Geländer, an denen ich mich so festkralle, dass meine Handflächen schon nach kurzer Zeit brennen und schmerzen. Irgendwann krieche ich auf allen vieren die Stufen hoch, bis mir der Schweiß in Bächen den Rücken runterläuft. Als der Gittertreppenabschnitt endet, lasse ich mich auf die letzte Stufe fallen, pfeife, und Knittel, der schon ein paar Meter weitergeklettert ist, kehrt um, lehnt sich ans Geländer und schaut zu mir runter. Mir ist Schweiß in die Augen gelaufen, ich blinzle in seine Richtung, wische mir mit dem Ärmel übers Gesicht. Er sieht aus wie sonst auch. Kein bisschen erschöpft. Ist der in Form oder was? Ich dachte immer, Knittel macht selber gar keinen Sport. Kann mich nicht erinnern, ihn schon mal in Aktion gesehen zu haben. Hat uns auch noch nie was vorgemacht, hab ihn nie schneller gehen sehen als 2 km/h. Ich dachte, das ist der Punkt beim Sportlehrersein: schön am Rand rumsitzen und Bälle einwerfen.

»Weißt du, was das ist, ein Tobel?« Knittel steigt wieder ein paar Stufen zu mir runter, er spricht langsam, leise, schaut sich um dabei.

»Was?«

»Das ist ein Tal, das trichterförmig verläuft.«

»Aha.«

»Wie eine Röhre. Der Bach bildet die Mitte, er trägt allmählich den Fels ab. In ein paar Hundert Jahren wird dieser Tobel ganz anders aussehen als jetzt. Da, wo wir jetzt stehen, könnte dann die Schlucht sein. Der Fluss würde uns wegspülen, hinabreißen in die Tiefe«, er atmet tief ein. »Das ist doch faszinierend, diese Beharrlichkeit, nicht wahr?«

»Wie bitte?«

»Des Wassers.«

»Extrem faszinierend.« Ich schüttele den Kopf. »Mensch Knittel, ich dachte, du bist Sportlehrer!« Ich duze ihn ab jetzt. Das macht man als Entführer so.

Er schaut zum Bach. Zur Erinnerung, dass ich noch da bin, ziehe ich das Messer aus der Tasche und fahre damit ein paar Mal über die Gitterstufe. Es rattert laut, die Bäume um uns rum verschlucken den Hall.

»Los, weiter jetzt!«

Knittel zuckt zusammen, schaut wieder um sich. Langsam setzt er sich in Bewegung. Ich stemme mich hoch. Die Stelle zwischen dem großen und dem zweiten Zeh schmerzt, ist jetzt schon wund.

»Wie lange sind wir unterwegs?«, rufe ich ihm hinterher.

Er schaut auf seine Uhr. »Circa dreißig Minuten.«

Auf dem Schild stand: Nebelhorn – Erste Station Seealpe 1,5 Stunden. Ich streife die Flip-Flops ab, spüre, wie sich das Gitter in meine Fußsohlen drückt. Ich verstaue die Flip-Flops beim Messer in der Pullitasche und gehe weiter. Meine Zehen krallen sich in die kleinen Vertiefungen im Stein. Gehe vornübergebeugt, halte mich an Büschen und Sträuchern fest, die am Weg wachsen. Immer wieder löst sich der Knoten in der Hose, die sofort bis zu den Knien runterrutscht, und ich muss anhalten, sie hochziehen, einen neuen Knoten machen. Das Rauschen des Bachs ist ein Sticheln geworden. Ich spucke aus, rotze in Richtung Wasser. Knittel dreht sich um. »Nach vorne schauen«, brülle ich, und er tut es. Knittel, dieses Weichei! Ich schwitze und schwitze, bis ich klatschnass bin, der Pulli, die Hose an mir kleben. Brüllend und fluchend gehe ich weiter. Brülle den Bach an, den Wald, die Sträucher und Knittel, immer wieder Knittel. Nach einer Dreiviertelstunde bin ich vollkommen heiser, aber wir sind oben. Ich lasse mich auf den Boden fallen, hole die Flip-Flops raus und dresche damit auf den Schotter ein. Steinchen spritzen, Staub wirbelt auf. Knittel kommt neben mich. Unschlüssig steht er da, will mir aufhelfen, aber ich stoße mit dem Ellbogen hart gegen sein Schienbein. Er schreit auf und weicht zurück, stolpert über eine Wurzel und fällt. In dem Moment biegen ein Mann und eine Frau mit Wanderstöcken um die Ecke. Sie bleiben abrupt stehen, als sie uns, mich brüllend, ihn stöhnend, am Boden liegen sehen. Wir sind sofort still, und ich greife blitzschnell zum Messer in meiner Bauchtasche, stoße die Spitze vorne durchs Loch in Knittels Richtung. Ich lasse es da, bis die beiden langsam weitergehen, der verstohlene Blick der Frau auf meinen blutenden, verdreckten Füßen.

»Da schaut ihr, ihr Kletterdeppen«, brülle ich ihnen hinterher, »das bekommt ihr nicht hin, barfuß hier rauf!«

Sie tippeln schnell die ersten Stufen runter, und die

Frau verliert ihren Stock. »Lass liegen«, zischt der Mann und zieht sie hinter sich her.

Ich stütze mich auf einem Bein ab, stemme mich mit einem Ruck hoch und angele mit den Zehen nach den Flip-Flops. Der Moment, in dem die wunde Stelle auf den Plastiksteg trifft. Ich schließe kurz die Augen: *Schmerz kann man überwinden, indem man ihn aushält*, sagt der Trainer. »JA«, brülle ich, »ICH WEISS!«

Ich atme einmal tief durch.

»Hol den Stock«, befehle ich Knittel, und meine Stimme bricht auf halber Strecke weg. Er sitzt noch immer am Boden, die braune Cordhose weiß vom Schotter, hat ein Hosenbein hochgeschoben, reibt über die Stelle, die mein Ellbogen erwischt hat.

»Na los, hol das Stöckchen!«, knurre ich und diesmal hält meine Stimme bis zum Ende durch.

Ich stütze mich auf den Stock. Ab und an stoße ich ihn Knittel in den Rücken. Wir kommen aus dem Wald raus, ein grasbewachsener Bergrücken tut sich vor uns auf. Es regnet noch immer nicht. Knittel wendet seinen Kopf nach links und rechts. Die Aussicht, ich weiß. Ich halte die Luft an, gucke starr geradeaus. Weiter vorn gabelt sich der Weg. Auf der einen Seite geht es asphaltiert weiter, auf der anderen steinig wie eben. Mit Blick auf meine Füße dirigiere ich Knittel mit dem Stock weg vom Schotter. Schweigend gehen wir bis zur nächsten Abzweigung, dort laufen die Wege wieder zusammen. Der viereckige Klotz, in den die Seilbahn rein- und wieder rausfährt, kommt in Sicht, daneben das Gasthaus, an einigen Tischen auf der Terrasse sitzen Leute.

Ich greife mir das Messer, halte es vor Knittel in die Luft. »Mach keinen Scheiß!«

Er nickt.

»Zweimal zum Gipfel, bitte«, sage ich an der Kasse und drehe mich zu Knittel um: »Du zahlst!«

Er klopft sein Jackett ab, die Taschen der Cordhose. Wird nervös und bekommt einen roten Kopf.

»Sag jetzt nicht, du hast kein Geld dabei.«

Er sucht. »Ist ein Loch in der Tasche«, murmelt er und fingert in seinem Jackett rum. Hastig zieht er nacheinander zerknitterte Geldscheine und ein paar Münzen heraus. Er geht einen Schritt nach vorne, legt zwei Scheine in die kleine Mulde unterhalb des Fensterchens, hinter dem eine Frau mit extrem dicken Brillengläsern sitzt. Ihre Augen sind groß wie die Planetenbildchen von der Unterseite meines Regals, sie muss so gut wie blind sein ohne Brille. Was super wäre wegen der Entführung, dann könnte sie uns nicht identifizieren. Schade. Ich stehe dicht hinter Knittel, drücke die Messerspitze in sein Jackett. Planetenauge wirft die Münzen klirrend in die kleine Mulde, betätigt wie eben schon einen Hebel, der die Mulde unterhalb der Scheibe wieder zu uns herausdreht.

»Die nächste Bahn kommt gleich. Gute Fahrt«, sagt sie, und ich erkenne das rollende R vom Leggingmädchen wieder.

»Ich müsste die Toilette aufsuchen.« Knittel schaut an mir vorbei.

»Wie bitte?«

»Die Toilette.«

»Jetzt?«

»Es ist dringend.«

»Aber die Bahn kommt gleich.«

»Die Gondeln fahren alle sechs Minuten«, höre ich Planetenauge hinter mir sagen.

Ich schiebe Knittel wütend ein Stück von der Kasse weg.

»Ist das Verzögerungstaktik, oder was?«

»Luis, wir sind seit fast drei Stunden unterwegs ohne …«

»Ja, schon gut.«

Er will Richtung Gasthaus gehen, aber ich halte ihn am Arm fest: »Kannst du vergessen.«

Ich schaue mich um.

»Da lang«, sage ich und stoße ihm den Stock in den Hintern. Ich zeige auf einen Baum, der ein Stück weiter vorne am Weg steht. Knittel überlegt, er zögert.

»Was?«, fahre ich ihn an.

»Nichts.« Er sieht rüber zu den Leuten auf der Terrasse, und ich folge seinem Blick.

»Keine Sorge, die interessieren sich hier alle nur für den Gipfel, nicht für deinen Zipfel.«

Ich beiße mir auf die Lippen, und Knittel sieht mich an mit einem Blick, der mich wünschen lässt, ich hätte das mit dem Zipfel nicht gesagt. Er dreht sich um und geht zum Baum. Ein Rattern hinter mir, die Gondel fährt gerade in den Klotz ein, ich stampfe wütend mit dem Fuß auf. Knittel sieht noch mal zur Terrasse, packt dann aus. Ein paar Sekunden später höre ich seinen Strahl gegen den Stamm schlagen. Gar nicht so schlecht, klingt nach Konkurrenzstrahl. Wieder Rattern, die Gondel fährt ab, ich koche.

»Fertig jetzt?« Ich stapfe zum Baum, und er tritt schnell zur Seite. Schieße los, Superstrahl, Knittel kann einpacken. Pisse genau auf die Stelle, auf die auch er gepisst hat, ein kleiner See entsteht. Ein bisschen Erde und abgerissenes Gras wird von unserem Urin-Express den Hang ein Stück hinuntergespült.

»Dieses Rauschen dauernd, stimuliert ja voll, Mann!« Ich trete gegen den Stamm. Knittel will zur Station zurückgehen, halte ihn am Ärmel fest. Auf der Terrasse sind doppelt so viele Leute wie vorher.

»Wir warten hier«, sage ich und ziehe ihn neben mich.

Als die Bahn kommt, steigen wir als Letzte ein und bleiben dicht am Eingang stehen. Das Pulli-Messer im Anschlag, drehe ich Knittel mit dem Gesicht zu mir ›Mach keinen Scheiß‹, forme ich tonlos mit den Lippen, und die Bahn setzt sich in Bewegung. Ich starre die Fahrt über auf Knittels Hals, funktioniert gut. Dickes, wolliges Brusthaar quillt aus seinem T-Shirt-Kragen. Das ist Bewuchs, wie ich ihn gerne hätte. Zur Strafe drücke ich die Messerspitze beim nächsten Stützpfeiler, über den die Gondel ruckelt, etwas fester gegen seinen Bauch.

Als wir in die Mittelstation einfahren, haut mir die HA mit einem gezielten Schlag in den Nacken: Hab einen Moment nicht aufgepasst, bin Knittels Kopfbewegung gefolgt und hab nach draußen geschaut. Sie hat Macht, die HA, ist immer noch das alte Arschloch. Beim Umsteigen dann, Knittel fest im Griff, den Blick nach oben: wolkenverhangen, wie damals.

In der dritten Gondel fliegt ein Wort von Mund zu

Mund: ›400-Gipfel-Blick‹, und ich klebe mit den Augen an Knittels Bewuchs wie Pattex.

Beim Aussteigen schiebe ich ihn durch die Leute vor mir her, dränge sie grob ab. Einige schimpfen, eine Frau haut mir mit ihrer Tasche auf den Rücken. Ich schiebe Knittel weiter, der Schaft des Messers bohrt sich dabei in meinen Bauch. Die Terrasse liegt vor uns, es ist kalt, ziemlich kalt. Ich drehe meinen Kopf nach oben, und da ist es, auf einem Steinsockel über der Station, die gleißende Sonne hinter sich: das Gipfelkreuz. An einem Seil entlang führen Stufen in zwei Bahnen hinauf. Ein paar Leute stehen um das Kreuz herum, die Köpfe schwenken langsam hin und her, ein kleiner Junge reißt die Arme in die Luft. Ich lasse das Messer in der Tasche sinken, fasse Knittel mit beiden Händen an den Oberarmen und stoße ihn, dicht an mich gedrückt, als Sichtschutz erst an der Terrasse vorbei, den Schotterweg hinauf, über die Steinstufen bis zum Kreuz. Einen kurzen Moment bleibe ich so, an ihn gelehnt, das Gesicht in seinem Rücken vergraben wie damals beim Leggingmädchen, und er riecht nach Schweiß, nach Staub, nach Gummimatte. Dann schiebe ich Knittel zur Seite und öffne die Augen.

Wie Milch. Wie Watte. Wie Sperma in einem Wasserglas.

Es gibt kein Unten.

Ein strahlend weißer Teppich liegt da ausgerollt in der Luft und reicht bis zu den 400 Gipfeln. Fassungslos starre ich drauf. Ich wende mich um, schaue runter zur Station: Die Terrasse dahinter schwebt im Nichts. Ich sehe zu Knittel, der sich mit einer Hand am Kreuz festhält, mit offenem Mund auf die Wolkendecke glotzt. Mit einer kurzen, schnellen Bewegung ramme ich ihm meinen Ellbogen seitlich ins Gesicht. Blut spritzt aus seiner Nase. Ich drehe mich um.

Auf den Steinstufen stoße ich Leute zur Seite, trete die Flip-Flops von meinen Füßen weg, laufe mit großen Schritten den Schotterhang runter und auf den kleinen Weg, der weiter unten in den weißen Teppich hineinführt. Ich merke, wie sich der Knoten im Bund der Hose wieder löst, und halte sie fest, der Trainer, die Mannschaft, wir alle marschieren im Gleichschritt. Jemand ruft laut meinen Namen. Ich wende noch mal den Kopf, sehe Knittel, der sich die blutende Nase hält und hinter mir herstolpert, bis er mehr und mehr verschwindet, im grauen Dampf, der mich plötzlich einlullt.

Auf der anderen Seite ist es still. Die Hände im Schotter, sitze ich am Hang und zittere am ganzen Körper. Sitze so dicht unterhalb der Wolkendecke, dass es mir vorkommt, als würde sie meinen Kopf berühren. Als müsste ich nur den Arm heben und nach ihr greifen, sie über mich ziehen. Ein plötzliches Kreischen, ich schaue hoch. Ein Vogel fegt über mich hinweg, erwischt mich an der Stirn, und ich ducke mich, vergrabe den Kopf zwischen den Knien, höre das Kreischen über mir. Spatzen sterben genauso schnell wie Meisen. Bekomme keine Luft. Kein Vogel schmeckt so süß wie sie.

Es dauert eine Weile, bis das Zittern nachlässt, bis meine Handflächen nicht mehr mit aller Kraft die Steinchen in den Boden pressen, bis ich spüre, dass mir kalt ist und nicht heiß, bis ich außer Hitze überhaupt etwas spüren kann und meine Augen aufhören zu tränen: Die freie Sicht. Es gibt ein Unten, und ich schaue hin. Kann alles sehen. Alles. Die Felsen, die Bäume. Steile Hänge, flache Ebenen. Das Tier, das ein paar Meter entfernt auf seinen Hinterbeinen steht und pfeift.

Das Pfeifen ist das Kreischen. Ich sehe schnell nach oben: Da ist kein Vogel.

Ich hole das Messer raus, weil ich nicht weiß, ob das Tier ein wildes Tier ist. Wir schauen uns an.

Wieder pfeift es.

»Du warst das«, sage ich.

Es setzt sich hin. Hat große Zähne, winzige Ohren, einen dunklen Schwanz. Schwarze Knopfaugen auf mich geheftet, Schnauze zittert. Es schnuppert. Ich beuge mich vorsichtig zur Seite, rupfe Gras vom Wegrand und halte es ihm hin. Es bewegt sich keinen Millimeter.

»Verstehe. Das hast du ja immer.«

Eine Weile sehen wir uns an, das wilde Tier und ich. Ich lasse das Messer sinken. Es stellt sich auf die Hinterbeine und stößt einen letzten Pfiff aus, das Geräusch, von dem ich weiß: Das ist jetzt meine number one. Dann verschwindet es blitzschnell in seinem Bau.

Ich zittere wieder, ein Schlottern ist es, eins, das vom Frieren kommt. Einen Augenblick noch bleibe ich sitzen, schaue nach unten, präge mir alles ein. Fahre dann mit dem Messer in den Schotter und mache mein

Zeichen. Ich streiche es durch und schreibe: Ich war hier.

Der Teppich hat sich verändert, ist weiter hochgerutscht. Ich gehe ihm entgegen. Sieht aus, als würde er vor mir zurückweichen, aber meine Schritte werden schneller und schneller, und als ich da bin, halte ich erst einen Fuß hinein, dann beide Arme, bevor ich mich nach vorne kippen lasse und verschwunden bin.

Knittel erwartet mich, ein Taschentuch vor der Nase. Hat die Sonne im Rücken, steht am Hang. Ich kneife die Augen zusammen, spüre etwas auf meinem Gesicht, etwas Feuchtes, wie Regen, greife hin, wische mit der Hand darüber. »Da ist Blut«, sagt Knittel, und ich sage: »Ich habe ein wildes Tier gesehen.«

»Hast du das oft?«

Er sitzt mir am Tisch gegenüber, ein Haufen blutiger Papierservietten zwischen uns, über den hinweg ich ihn anschaue und den Kopf schüttele: »Noch nie.«

»Ich habe es einmal im Jahr«, sagt Knittel und stopft sich einen Pfropfen ins linke Nasenloch, »immer in den Sommerferien.«

Er reißt ein Stück von einer sauberen Serviette ab und zwirbelt es zwischen seinen Fingern. »Es kann auch von der Höhe kommen.«

Er gibt mir zwei Servietten-Pfropfen, und ich ziehe die beiden blutdurchtränkten raus, die schon in meinen Nasenlöchern stecken, und werfe sie zu den anderen auf den Haufen. Teste mit den Fingern, aber es kommt kein Blut mehr. Ich stecke die frischen Pfropfen zur Sicherheit trotzdem in die Nase. Eine Decke ist um meine Beine und Füße gewickelt, eine andere hängt mir über die Schultern. Das Sandwich, das Knittel bestellt hat und das die Bedienung lächelnd vor mir auf den Tisch stellt, verschlinge ich in einer Minute.

»Sollen wir die nächste Talbahn nehmen?«

Ich schiebe den Teller zur Seite. »Können wir noch ein bisschen bleiben? Zehn Minuten?«

Knittel nimmt einen Schluck von seinem dampfenden Kamillentee, seine Pfropfen hängen dabei ins Glas.

»Ja, natürlich«, sagt er und stellt die Tasse ab.

Ich stehe auf, halte die Decken gut fest und gehe den Weg zum Gipfelkreuz rauf. Es ist jetzt klar, die Wolken sind weg. 400 Gipfel, here I am! Ein Pfropfen löst sich, rutscht aus meiner Nase. Der Wind treibt ihn noch ein Stück vor sich her, dann segelt er langsam ab.

Wir gehen über den Parkplatz.

»Ach so«, sage ich und bleibe stehen, »kann ich noch ein bisschen Geld leihen?«

Im Souvenirshop gehe ich die Regale ab, zahle, stecke die Tüte in die Pullitasche und gehe zurück zum Opel, der Motor läuft schon. Als ich einsteige und die Tür hinter mir zuknalle, setzt der Regen ein, das Quietschen des Scheibenwischers verstummt.

Wir schaffen es in eineinhalb Stunden, Knittel und ich gehen jeder einmal pissen. Als wir uns der Siedlung nähern, dämmert es.

»Können wir noch einen kleinen Umweg machen?«

Die Hollinger kommt in Sicht, vor dem zweiten Block bitte ich Knittel zu halten.

»Ich bin gleich wieder da.«

Er nickt, und ich laufe zum Eingang. Achtzig Klingelschilder, aber ich finde den Namen gleich.

Der Summer geht, ich stoße die Tür auf. Erster Stock, jedes Mal wieder: nicht zu fassen! An der Wohnungstür steht die Kleine.

»Ist dein Bruder da?«

Sie dreht sich um und läuft zurück in die Wohnung.

Marco erscheint im Flur. Als er mich sieht, bleibt er ruckartig stehen. Ein paar Sekunden verstreichen, dann kommt er langsam zur Tür. Sein rechtes Auge ist zugeschwollen, seine Unterlippe mit zwei Stichen genäht.

»Hallo«, sage ich.

Schweigen.

Eine Frauenstimme von drinnen. Marco dreht sich Richtung Tür, zieht sie ein Stück hinter sich zu. »Ist für mich, Mama!«

Wieder Schweigen.

Ich hole die Tüte vom Souvenir-Shop aus dem Pulli.

»Das hier wollte ich dir geben.«

»Was ist das?«

»Schau rein.« Ich raschele mit der Tüte vor seiner Nase. Er nimmt sie, zögernd greift er hinein. In dem Moment geht das Licht im Hausflur aus. Ich haue auf den Lichtschalter an der Wand, aber es bleibt dunkel.

»Kaputt«, sagt Marco und zieht die kleine bemalte Figur aus Gips aus der Tüte.

Er tritt einen Schritt zurück in die Wohnung und macht das Licht an. Er betrachtet die Figur.

»Was ist das?«

»Ein wildes Tier.«

Er dreht die Figur in seiner Hand hin und her. »Aha«, sagt er. »Tja, ähm … danke.«

»Bitte.«

Marco tritt wieder raus in den Hausflur, unten muss jemand das Licht angemacht haben.

Wir schauen uns an. Schweigen.

Er mustert mich: »Siehst scheiße aus.«

Ich gucke an mir runter und wieder zu ihm. »Du auch!«

Wir lachen.

Ich stecke die Hände in die Pullitasche.

»Muss los«, sage ich und gehe zur Treppe.

»Luis?«

»Ja?«

»Arsch!«

Ich lege eine Hand aufs Geländer. »Okay«, sage ich.

»Meine Mutter wollte dich anzeigen.«

»Versteh ich.«

Schweigen.

»Tut mir leid, Marco.«

Er schaut auf seine Füße, dann wieder hoch zu mir. »Okay«, sagt er.

»Bis morgen, ja?«

Er nickt. Ich drehe mich wieder um, bin auf der ersten Stufe.

»Luis?«

»Ja?«

»Sag mal, ist das nicht Knittels Jogging-Anzug?«

Ich grinse. Der Wellensittich von Marcos Mutter flattert hinter ihm in den Flur und landet auf seinem Kopf. Er plustert sich einmal auf, reckt den Hals. Sein gellender Pfiff hallt durch den Hausflur. Respekt! An das Original kommt keiner ran.

»Geh schnell wieder rein«, ich winke Marco zu, »bis morgen!«, und trabe die Treppe runter.

Knittel wendet, hält dann vor unserem Block. Ich löse den Gurt und schaue zu ihm rüber.

»Darf ich Sie mal was fragen?«

Er sieht geradeaus durch die Windschutzscheibe, ich mache es ihm nach. Hat aufgehört zu regnen, der Scheibenwischer quietscht. Knittel stellt den Motor ab.

»Haben Sie eigentlich eine Frau?«

Knittel dreht den Kopf zu mir.

»Warum?«, fragt er.

»Haben Sie eine?«

»Nein.«

»Und Kinder?«

»Auch nicht.«

»Wieso?«

»Es hat sich nicht ergeben.«

Ich lehne mich ein Stückchen zu ihm rüber. »Wollen Sie gern eine Frau?«

»Du siezt mich ja wieder, Luis.«

»Die Entführung ist ja auch vorbei jetzt. Wollen Sie gern eine?«

Knittel antwortet nicht.

»Also falls Sie mal eine Frau wollen«, ich beuge mich noch weiter zu ihm rüber, »ich kann Ihnen zeigen, wie man eine bekommt.« Ich hebe die Augenbrauen, nicke ihm verschwörerisch zu. »Ich bin Profi, keine Sorge. Ich weiß, wovon ich rede.« Lehne mich zurück: »Nur ein Angebot!«

»Danke, Luis«, sagt Knittel, »ich werd's mir überlegen.«

»Darf ich Sie noch was fragen?«

Er antwortet nicht, schaut wieder nach vorne durch die Scheibe.

»Darf ich?«

»Wenn es sein muss.«

»Warum haben Sie so einen riesigen Schlüsselbund?«

Ich deute mit dem Finger Richtung Zündschloss, an dem das Ding baumelt. »Diese ganzen Schlüssel, sind das alles Ihre?«

Er wartet eine Sekunde, bevor er antwortet: »Ja, das sind alles meine.«

»Und die sind auch alle noch im Einsatz?«

Er lächelt. »Ja, die sind alle noch im Einsatz.«

»Sie stecken wohl gerne was rein, wie?«

»Luis!«

»Mein Angebot steht.«

»Raus jetzt!«

»Ach so«, ich schaue zu ihm rüber, »das mit der Entführung. Kann das vielleicht unter uns bleiben?«

»Ja, kann es.«

»Danke.«

»Schon gut.«

Ich steige aus dem Wagen. »Also dann, tschüss!«, sage ich, und Knittel nickt mir zu. »Ach so, der Jogging-Anzug.«

Er winkt ab: »Kannst du mir nächste Stunde mitbringen.«

»Nee.«

Ich ziehe mir den Pulli über den Kopf. Sehe mich um, niemand auf der Straße, und steige schnell aus der Hose. Meine dreckverschmierten Füße. Die neongrünen Riemen der Flip-Flops leuchten in der Dämmerung.

»Darf ich die behalten?«

Knittel lächelt, startet den Motor. Er greift in den Jogging-Berg.

»Das Messer willst du gar nicht mitnehmen?« Hält es mir hin.

»Nee, lieber nicht.«

»Okay. Es ist ohnehin ganz stumpf.«

»Was?«

Er fährt sich mit der Klinge einmal quer über die Stirn.

»Oh Mann«, sage ich.

Knittel lächelt wieder und lässt das Messer in die Jacketttasche gleiten.

»Bis nächste Woche«, sagt er.

Ich schmeiße die Tür zu, und der Opel rauscht davon.

Kurz vorm Treppenaufgang kehre ich um und nehme den Aufzug. Mein verzerrtes Spiegelbild an den ausgebeulten Wänden. Halte meinen Schwanz vor eine besonders große Beule: krumme Banane.

Ich klingele, und Milan macht auf. »Hallo«, sage ich und schiebe ihn zur Seite, gehe an Ma vorbei, die aus der Küche getreten ist, in mein Zimmer. Eine zerknüllte Jeans am Boden drehe ich auf rechts, steige rein.

»Wo warst du?« Ma steht im Türrahmen. »Ich hab mir Sorgen gemacht!«

Ich ziehe den Reißverschluss zu. Ratsch. »Und wie war's?«

»Was?«

»Das Sichsorgenmachen?«

»Luis!«

»Im Ernst. Ist doch ne neue Erfahrung.«

»Wo warst du?«

Ich grinse. »Auf dem Gipfel.«

»Wie bitte?«

»Ma, alles gut. Jetzt bin ich ja wieder da«, gehe zur Tür, »lässt du mich durch?«

Im Flur lehnt Milan an der Wand.

Ich bleibe vor ihm stehen und verschränke die Arme vor der Brust: »Kannst du mal was Polnisches sagen?«

»Was?«

»Was Polnisches. Los!«

Milan reagiert nicht.

»Einmal! Nur für mich. Was heißt zum Beispiel ›Milan ist gar kein polnischer Name‹ auf Polnisch?«

Milan verzieht keine Miene.

»Vielleicht bist du ja gar kein richtiger Pole. Ach halt, ein richtiger Pole bist du ja sowieso nicht, nur ein halber. Ein halber Pole.« Ich lache laut. »Komm schon, Milan. Was heißt ›Ich bin nur 'n halber Pole‹?«

Er reagiert nicht, also zucke ich die Schultern und gehe an ihm vorbei in die Küche. Im unteren Kühlschrankfach stapeln sich Bierflaschen. Ich greife nach einer, Milan ist hinter mir hergekommen.

»Willst du auch eins, halber Pole?« Halte ihm über die Schulter eine Flasche hin. Keine Reaktion.

»Dann eben nicht.«

»Jablonski ist tot.«

Ich drehe mich um: »Was?«

Milan sieht mich ruhig an. Kalte Luft strömt aus dem Kühlschrank in meinen Rücken.

»Hab's grad erst erfahren.«

»Was?«

»Dass er tot ist.«

»Verarschst du mich?«

»Nein, Luis.«

»Das ist nicht witzig.«

»Ich verarsch dich nicht.«

Milan hält mich mit seinem Blick fest. Ma kommt rein. Ich schaue von ihm zu ihr und wieder zurück.

»Haben die ihn umgelegt?«

»Wer?«

»Diese Grundstücksdings …wichser?«

»Er ist einfach umgekippt. Haben ihn auf der Wiese gefunden.«

»Die haben ihn umgelegt!«

»Die haben ihn nicht umgelegt, Luis. Er ist einfach gestor–«

Ich hole aus, erwische ihn am Kinn. Die Flasche fällt auf den Boden, ohne zu zerbrechen. Milan taumelt rückwärts, stößt gegen den Tisch. Als er einen Schritt auf mich zu machen will, tritt Ma zwischen uns und fasst mich an den Armen. Sie schaut über ihre Schulter. »Geh!«, zischt sie. Und Milan verlässt die Küche, die Wohnung ohne ein Geräusch.

Die Beerdigung ist eine Woche später. Es ist die erste Beerdigung meines Lebens. Als ich vor Ma den Friedhof betrete, hält sie mich kurz an der Schulter fest und reißt das Preisschild ab. Das T-Shirt ist neu. Ich hatte nix Schwarzes, wir alle nicht. Weiter vorne sehe ich Marco und die Jungs in den gleichen Shirts. Wir waren gemeinsam einkaufen: dreimal L, zweimal M, einmal XXL. Den kompletten Gewinn aus der letzten Fickwette hab ich der Kassiererin in die Hand gedrückt.

Wir biegen um die Ecke und bleiben stehen. Jablonskis Grab, die umliegenden Gräber sind überflutet von Kurzen. Hunderte müssen das sein. Ihre hellen Stimmen fliegen durcheinander, manche lachen, andere schniefen. »Kommt«, sage ich und bahne uns einen Weg, schiebe Kinderschultern zur Seite, streiche über Köpfe in Hüfthöhe. Das Loch im Boden. Ein paar von Jablonskis Stammkunden sind da, die schrumplige Elli heult.

Ich schaue mich um, Milan ist nirgends zu sehen.

»Weißt du, wo er ist?« Ma schüttelt den Kopf.

Wir stehen um das Grab rum, der Pfarrer faselt vor sich hin. Er erzählt Dinge über Jablonski, von denen ich nichts wusste, und kurz bekomme ich das Gefühl, dass ich ihn gar nicht gekannt habe. Als der Pfarrer fragt, ob noch jemand was sagen will, hebe ich die Hand. Ich schaue zu Marco und den Jungs, die sich in Bewegung setzen, ziehe ein zusammengefaltetes Blatt Papier aus der Gesäßtasche und gehe zur Kopfseite des Grabs. Der Pfarrer tritt zur Seite, und wir stellen uns nebeneinander auf. Ich strecke noch mal den Hals, aber von Milan keine Spur. Dann räuspere ich mich, falte das Blatt auseinander und beginne laut zu lesen:

»Wir – Luis, Marco, Zwickel, Samir, Cem und Jusuf – wollen uns von Jablonski verabschieden.

Er war unser Freund.

Er war ein Pole, aber seine Heimat war hier.

Wir hätten gern ein Gedicht geschrieben, aber das haben wir leider nicht hingekriegt.

Wir wollen auch eigentlich nur eins sagen:

Danke für die Äpfel!«

Ich falte das Blatt wieder zusammen. Auf mein Zeichen hin greifen alle in ihre Jeans und holen einen Apfel raus. Auf ein weiteres Zeichen werfen wir sie gleichzeitig in das Grab. Es poltert laut. Der Pfarrer nickt uns zu, und wir gehen zurück an unsere Plätze. Fünf kleine Mädchen treten vor. Sie singen ein türkisches Lied, die Melodie ist ziemlich traurig. Nach und nach steigen weitere Kinder mit ein, die, die den Text nicht können, summen oder machen lalala. Als der Refrain kommt, singen fast alle, werden lauter und lauter, es ist fast ein Brüllen. Ich schaue nach oben, blau, keine Wolke am

Himmel. Jablonski, alter Sack: schon wieder am Grinsen. Plötzlich ein Schluchzen, sehe hin. Marco steht zwischen den Jungs und heult. Tränen laufen ihm über die Backen, Rotz aus der Nase. Sein massiger Körper ist ein einziges Schütteln. Ich kann ihm den Trainer nicht rüberschicken. Er ist weg. Seit einer Woche. Hat sich nicht mal verabschiedet.

Die Trauerparty ist im Haltepunkt.

»Ich komm nach«, sage ich, und Ma nickt. Sie hakt sich bei Marco unter, die Jungs folgen ihnen.

Stehe eine Weile am offenen Grab und schaue rein. Würde gern heulen, aber es geht nicht: Dass Jablonski nicht mehr da ist, dass er da unten in diesem Sarg liegt, dass die Zeit, die jetzt kommt und die die Zukunft ist, ohne ihn stattfindet, ist reine Theorie. Ein paar Fragen hätte ich noch: Wie viele Liter Schnaps hat er gesoffen bis hierhin? Wie oft Ja gesagt, wie oft Nein, wie viele Bremsklötze poliert, wie oft gefurzt? Wer hat da mitgezählt?

Die zwei Typen, die das Grab zuschütten sollen, sind ein Stück nach hinten getreten, stützen sich auf ihren Schaufeln ab und warten. Ich schaue zu ihnen rüber: »Könnt ruhig anfangen.«

Das Geräusch, als Erde auf den Sarg prasselt. Ich bleibe da, bis sie fertig sind.

Zwischen den Gräbern hindurch folge ich den beiden Richtung Ausgang. Kenne die Sprache nicht, die sie sprechen, aber ich bleibe dicht hinter ihnen, höre dem Klang der Worte zu, einmal lachen sie laut und dreckig. Irgendwann biegen sie ab, die Schaufeln wippend auf ihren Schultern.

Weiter unten die kleine Kapelle, Milan lehnt rauchend neben dem Eingang. Rechts von ihm ein Gitter, an das unzählige Gießkannen gekettet sind.

Ich stecke die Hände in die Hosentaschen, langsam gehe ich auf ihn zu. Er zieht an der Kippe, schnipst sie auf den Boden, tritt sie aus.

»Wollen wir?«, sagt er und stößt sich ab.

»Ich geh noch zur Wiese.«

»Komm ich mit.«

Der Schuppen taucht vor uns auf. Wir gehen schweigend nebeneinanderher. Schon von Weitem sieht man, die Tür ist verschlossen. Immer offen sonst, immer, außer nachts. Die Wiese dahinter leer. Nutella haben sie vor drei Tagen abgeholt. Hab ihr jeden Tag Fressen vorbeigebracht. Karotten und ganz zum Schluss eine Riesenpackung Mon Chéri. Als der Transporter kam, saß ich zu Hause am Küchentisch und starrte aus dem Fenster, beobachtete Wolken, die vorbeizogen, wartete auf Regen.

Ich öffne das Tor. Das berühmte Knarzen, speichere es ab. Den Autositz haben sie unter das Vordach geschoben, die Bremsklötze neben der Tür aufgestapelt. Wir gehen um den Schuppen rum, die überreifen Äpfel ziehen die Äste zum Boden: Er hatte noch nicht gepflückt. Die Leiter lehnt am Schuppen, alt und klapprig, ineinandergestapelte Eimer daneben. Die letzten drei Jahre hab ich versucht, ihn zu überreden, wollte, dass die Jungs das für ihn machen. Aber er hat nur gelacht. Jablonski, die sture Sau.

»Da?« Ich deute auf eine Stelle am Boden, zwei, drei Meter weg vom Schuppen, und Milan nickt. »Und ich dachte immer, der bricht sich mal beim Pflücken das Genick.«

Lungenkrebs Endstadium, und hat es keinem gesagt. Er wusste es, seit er wegen der Prügelattacke im Krankenhaus war. Ist nie wieder hingegangen, auch zu keinem anderen Arzt. Der Krebs hat ihn still und heimlich erledigt. Bumm.

Ich gehe auf einen Baum zu, springe hoch, bekomme zwei Äpfel zu fassen. Deute zum Fluss, und Milan geht los.

Wir sitzen auf unserer Bank, die Beine von uns gestreckt. Die Äpfel sind so saftig, dass es bei jedem Bissen spritzt. Wir werden gleichzeitig fertig, schnipsen die Stiele weg. Milan steht auf.

»Ich komm nicht mit«, sage ich.

Er fischt in seiner Pullitasche nach dem Tabak. Im Stehen dreht er sich eine, schaut mich immer wieder an dabei, leckt schließlich mit der Zunge übers Blättchen.

»Hast du Feuer?« Die Kippe steckt in seinem Mundwinkel.

Sein blasses Gesicht gegenüber meinem, das die Sonne sich die letzten Wochen vorgenommen hat. Ich schüttele den Kopf.

Er lächelt, nickt mir zu. Dann greift er in die Tabaktüte, holt ein Feuerzeug raus und zündet sich die Kippe an.

»Bis dann, Chef«, sagt er.

Schaue ihm nach. Seine gleichmäßigen Schritte über den Kiesweg. Das Knirschen wird langsam leiser, bis der Fluss weiter vorn eine Biegung macht und Milan verschluckt.

Ich ziehe erst den Edding, dann das Papier mit der Trauerrede aus der Hosentasche, lege es auf die Bank und beuge mich drüber. Manchmal rutscht die Spitze in die Lücken zwischen den Balken, und ein Strich geht daneben. Als die Sonne hinter einem der Bäume auftaucht, blendet sie mich, muss ich mich umdrehen, um weitermachen zu können. Irgendwann höre ich Kiesknirschen und hebe den Kopf. Ich erkenne sie gleich. Der Rock bis zum Boden, Glöckchengebimmel, das lauter wird, je näher sie kommt.

»Hey!«, rufe ich.

Sie hält an, kneift die Augen zusammen, guckt zu mir: »Ach hallo.«

Sie streicht sich mit einer Hand über den Kopf. Ihre Haare sind noch kürzer als beim letzten Mal.

»Wie geht's?«, frage ich.

»Gut. Und dir?«

»Ganz gut.«

»Wieder nüchtern?«

»Haha.«

Sie lacht. Kellergeruch.

»Wohnst du hier in der Gegend?«, frage ich.

»Nee. Du?«

»Ja. Paar Minuten von hier.« Ich zeige mit der Hand hinter mich. Sie folgt mit dem Blick.

»In der Siedlung?«

»So sieht's aus.«

»Echt? Wievielte Etage?«

»Fünfzehnte.«

»Ganz oben?«

Ich nicke, beuge mich vor und stütze die Arme auf den Oberschenkeln ab.

»Cool!«, sagt sie. Das Glöckchen bimmelt.

»Und du? Was machst'n hier?«

»Ich? Ach, nur so. Geh spazieren.« Hält eine Hand über die Augen, als sie sagt: »Bisschen nachdenken.«

»Aha. Worüber denn?«

Sie legt den Kopf schief, grinst. Wir schauen uns an. Sie zeigt auf das Papier in meiner Hand. »Was hast 'n da?«

»Das? Ach so, ist ne Vorlage.«

»Ne Vorlage für was?«

»Tattoo.«

»Echt? Darf ich mal sehen?«

»Klar.« Ich halte es ihr hin.

Sie betrachtet das Bild. »Hast du das gemalt?«

Ich nicke.

»Voll gut.«

»Na ja.«

»Nee echt.«

Sie hält es ein Stück von sich weg. »Ist das 'n Hamster?«

»Nee!«

»Was 'n dann?«

»Is noch nicht fertig.«

»Und das willst du als Tattoo?«

»Ja klar. Warum?«

»Hast du schon eins?«

»Nee, wird mein erstes.«

»Na ja, musst du wissen.« Sie lächelt und gibt mir die Zeichnung zurück.

Sie mustert mich, streicht sich wieder über den Kopf. Ich weiß genau, wie sich das anfühlt. Wie bei mir.

»Wie geht's der richtigen Jenny?«, sagt sie.

»Was?«

»Weißt du nicht mehr?«

»Nee.«

»Na, macht nix, Hohlbirne«, sie grinst, »ich geh mal weiter jetzt.«

Sie hält mir die Hand hin, und ich nehme sie.

»Hat mich gefreut, Mister.«

Dreht sich im Gehen noch mal um: »Sterne haben ein Gehirn, glaub ich übrigens. Hab länger drüber nachgedacht.«

»Was?«

»Na, hast du doch neulich gefragt.«

»Da war ich megavoll.«

»Ach so.« Sie läuft ein paar Schritte rückwärts. »Trotzdem!«, ruft sie und winkt mir zu.

Ich winke zurück. Sie ist barfuß, sehe ich erst jetzt. Ich falte die Zeichnung zusammen und stecke sie in die Hosentasche. Als das Glöckchengebimmel nicht mehr zu hören ist, stehe ich auf und laufe zurück zur Wiese.

Ich brauche fast vier Stunden für alle Bäume. Die vollen Eimer trage ich nacheinander zur Siedlung und stelle sie vor unserem Block auf den Spielplatz in den Sand. Kein einziger Kurzer ist da, alle noch im Haltepunkt sicher. Einen Eimer nehme ich mit nach oben. Drehe den Schlüssel zweimal im Schloss, Ma ist noch nicht zurück. Ich gehe in die Küche, wuchte den Eimer auf den Esstisch, ziehe mir das durchgeschwitzte schwarze T-Shirt über den Kopf und feuere es in die Mülltone. Die Bierflasche ist kühl, halte sie mir gegen die Stirn, die Backen, trinke sie in großen Schlucken aus. Eine zweite nehme ich mit in den Flur.

Mas Schlafzimmertür ist zu, drücke die Klinke. Nachmittagssonne fällt auf das gemachte Bett, am Boden ein leeres Päckchen Tabak. Ich lehne mich gegen den Rahmen, nehme einen Schluck und schaue zum Fenster. Der Sonnenraucher steht im Freien, die qualmende Kippe im Mund. Hat die Augen geschlossen, hält sein Gesicht ins Licht.

Draußen auf dem Balkon ist es still. Die Stadt, weit unter mir, atmet ein und aus. Die Siedlungen, ein Block neben dem anderen, Häuser dahinter und Straßen dazwischen: alles an seinem Platz. Ich streiche mit der Bierflasche über das Geländer. Von hier oben sieht man den Plan, der unten nicht aufgeht. Die Köpfe der Leute, wie Luftballons treiben sie über die Bürgersteige. Ihr seid so was von lost!, denke ich.

Auf dem Spielplatz wimmelt es jetzt von Kurzen: Schneeballschlacht mit Äpfeln. »EY«, brülle ich runter, und sie gucken zu mir hoch. »ESSEN SOLLT IHR DIE, IHR HOHLBIRNEN!« Die Kurzen lachen, feuern Äpfel in meine Richtung. Ich winke ab, stütze mich mit den Ellbogen aufs Geländer und lehne mich über die Brüstung. Die Angst vor der Höhe weicht aus und macht Platz. Für was Neues, ich weiß noch nicht was. Was ich weiß, ist:

Ich hab ein Bier in der Hand und nen freien Oberkörper. Im nächsten Sommer hab ich mein Tattoo. Ich werd ins Freibad gehen, mir den zentralsten Platz raussuchen und mir das T-Shirt über den Kopf ziehen. Die Girls werden umfallen.

Ich danke:

Jochen Pütz, Teresa Reiber, Wilm Johann To Settel.

Olaf Petersenn, Paul Jandl, Daniel Beskos, Verena Boos, Olga Nasfeter, Stefan Klüter, Lina Launhardt, Petra Eggers, Frau Klee, sowie allen Teilnehmern der Schreibwerkstatt der Jürgen-Ponto-Stiftung 2013 in Edenkoben.

Luis Zeichen auf S. 209 ist von Jochen Pütz